WISHBOOKS FUSION FANTASY STORY
지갑송 퓨전 판타지 장편소설

레벨업하는 몬스터 1

지갑송 퓨전 판타지 장편소설

초판 1쇄 찍은 날 | 2017년 11월 7일
초판 1쇄 펴낸 날 | 2017년 11월 14일

지은이 | 지갑송
펴낸이 | 예경원

기획 | 위시북스
편집책임 | 이규재
편집 | 이즈플러스

펴낸곳 | 예원북스
등록번호 | 제396-2012-000132호
등록일자 | 2012. 7. 25
KFN | 제1-173호

주소 | 경기도 고양시 일산동구 호수로 646-24 위너스21 II 빌딩 206A호 (우)10401
전화 | 031-819-9431 팩스 | 031-817-9432
E-mail | yewonbooks@naver.com

ISBN 979-11-6098-622-8 04810
      979-11-6098-621-1 (set)

레벨업하는 몬스터 ①

WISHBOOKS FUSION FANTASY STORY

지갑송 퓨전 판타지 장편소설

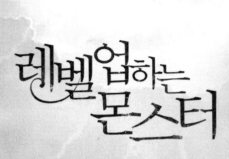

레벨업하는 몬스터

CONTENTS

서문

불의의 사고로 어린 나이에 고아가 되었다.

무슨 일이 생길 때마다 엄마를 찾아도 이상하지 않을 7살 배기의 어린아이는, 친척들도 거두는 걸 기피하였기에 고아원에서 살아가게 되었다.

고아원의 원장은 아이들을 학대하거나 하는 인간 말종은 아니었지만, 그렇다고 좋은 사람도 아니었다.

빨리 고아원을 나가고 싶어 초등학교를 졸업하자마자 일을 시작했다.

빼빼 말랐지만 나이에 비해서 키가 어느 정도 컸기에 나이를 속이는 데에 무리는 없었다. 물론 들켜서 임금도 못 받고 쫓겨난 경우도 있었지만.

어찌 되었든 그렇게 밤에는 일을 하고, 낮에는 학교에서 자는 것이 일상이 된 채로 살아갔다.

　이때부터 고아원은 수면의 용도로도 잘 사용하지 않았다. 학교의 양호실에서 숨어 자거나, 지하철역에서 노숙자들의 눈치를 보며 자는 것이 더욱 편했으니.

　그 탓인지는 몰라도, 초등학교 6학년 때의 키가 평생을 가게 되었다.

　우여곡절 끝에 18살의 나이로 완전히 독립하는 데에 성공했다.

　4년 동안 뼈 빠지게 일해서 벌은 1,000만 원으로 독립해서 원룸을 하나 얻었다.

　다른 사람들에겐 아주 비좁은 공간일 뿐이었지만, 나에게는 세상의 그 어느 공간보다 고즈넉한 안식처였다.

　이 안락한 마이 홈에서 나는 꿈을 키워갔다.

　그리고 앞으로도 계속해서, 꿈을 키워갔어야 했다.

　[특성개화 100% 완료]

　-> 시스템 활성화

　-> 특성개화로 인하여 종족 변경: 인간-> 몬스터

　[이름: 김세진]

[나이: 만 22세] [키:172㎝ / 몸무게:65㎏]

▶능력치

[근력 13] [지구력 12] [민첩력 16] [기력 6]

[마나 친화력 1] [마력 1] [운 3]

▶특성 「몬스터」 [등급: 희귀] [특성 레벨: 1]

-종족이 인간에서 몬스터로 변경된다. 단, 현 기력 수치에 따라 하루 24시간에 (60분) 동안은 인간의 형체를 취할 수 있다.

-몬스터의 힘은 인간형일 때는 다소 하향되어 적용된다.

-현재는 갈색 늑대로 포밍 중

현재 포밍 가능 몬스터-오크, 늑대, 고블린.

[포밍: 대상 몬스터로 생활한다. 특정 조건을 충족할 경우, 몬스터의 단계가 상승된다. 예) 오크-오크 전사-오크 대족장]

[갈색 늑대: 근력과 지구력이 3만큼 상승하고, 민첩력이 6만큼 상승한다. 인간 형체를 취할 시 효과가 1/3으로 감소한다.]

이런 빌어먹을 특성이 나에게 다가오기 전까지는.

1장
늑대가 되다

특성을 얻고 난 뒤, 처음 일주일 동안은 폐인처럼 살았다.

별안간 하루 스물네 시간 중 스물세 시간을 몬스터로 살아야 했으니 그럴 법도 했다.

아르바이트 사장님들의 전화를, 문자를 본의 아니게 모조리 씹게 되었다.

두 분은 걱정을, 한 분은 욕설을 하셨다. 그러나 세 분 모두 이해가 갔다.

나는 오직 지금의 내 상황만 이해가 되지 않을 뿐이었다.

거기서 일주일이 더 지나자, 좁지만 깔끔하다 자부했던 내 집은 완전 난장판이 되어 있었다.

당연했다. 이 빌어먹을 발톱이 나 있는 수족으로는 살짝 걷기만 해도 집 안에 흉터가 났으니.

사는 게 사는 게 아닌 상황으로 사흘이 더 지났다.

그제야 비로소 나는 나를 인정할 수밖에 없었다.

몸길이 대략 2m, 어깨높이 대략 1.2m, 꼬리 길이 대략 50㎝, 몸무게 확실히 90㎏. 털은 갈색.

언뜻 보면 덜 자란 호랑이의 스펙이 아닌가 싶지만, 안타깝게도 지금 내 신체 스펙이다.

나는 지금 갈색 늑대가 되었다.

요즈음 '기사'나 '용병' 혹은 '사냥꾼'을 표방하는 작자들이 가장 먼저 때려잡는다는 최약체.

몬스터라 부르기도 애매해, 야수와 몬스터의 경계라고 불리는 그 애매한 존재.

게다가 초보자용 몬스터의 특징인 '개체수가 많고, 일반인이 상대하기에는 버겁다'라는 두 가지 조건을 모두 가지고 있어서 보이는 즉시 척살당하는 몬스터.

그게 지금의 나다.

그러나 인정하기까지가 힘들었지, 인정하고 나니 그 이후로는 별것이 없었다. 당장 '살 수 있는 방법'을 미치도록 갈구하기 시작했다. 내가 삶에 대해 품고 있던 의지는 내 생각보다 훨씬 컸다. 통장에 400만 원이 남아 있어 정말 다행이었다.

인간으로 있을 수 있는 아주 소중한 하루 1시간을 최대한 효율적으로 활용하기로 했다.

음식은 5분 거리에 있는 편의점에서 사온 조리 시간이 짧은 도시락으로, 오직 인간형으로 섭취했다. 몬스터로서 밥을 먹기에는 인간으로서의 자존감이 용납하지 않았다. 그리고 피치 못할 사정을 대비하여 하루 30분은 꼭 여유 시간으로 남겨두었다.

또한 늑대로서 온전히 있기 위해 힘을 조절하는 연습을 시작했다. 그리고 나흘간의 노력 끝에 어떻게 해야 발톱을 집어넣을 수 있는지 깨우쳤다.

그러는 동안에는 틈틈이 고블린으로 변해 집 내부를 청소했다. 140㎝ 정도의 고블린은 체격이 작지만 손재주가 섬세해 청소하는 데는 제격이었다.

흉터는 이곳저곳에 남았지만, 어느새 예전 그대로의 청결하고 깨끗한 집이 되어 있었다.

하지만 가장 큰 문제가 아직 남아 있었다.

수입원의 부재.

월세도 못 벌어서는 이대론 시한부인생일 뿐이다.

그래서 한쪽 구석에 처박아 두었던 팔찌형 컴퓨터를 이용했다.

「집에서 돈 버는 법」

……을 검색하려다 그만두었다. 고등학교 중퇴, 최종 학력 중졸인 내가 자택근무를 할 수 있을 리가 없으니.

괜한 아쉬움에 허공에 홀로그램처럼 떠오른 컴퓨터 화면을 만지작거렸다. 그러다 문득 생각이 떠올라, 몬스터에 관한 내용을 쳐보았다.

그리고 아주 우연찮게 인생의 구원이 될 힌트를 발견했다.

그 대목을 보는 순간, 내 두 눈에 마치 섬광과도 같은 한줄기 빛무리가 번쩍 튀어 올랐다.

Q: 늑대 계열 몬스터의 최고봉인 라이칸스로프는 실존하는 몬스터인가요?

A: 과거 세계의 균열을 통해 넘어온 1세대 수인들의 말로는, 실존했던 전설이라고 합니다. 꼬리 없는 완벽한 인간형과 무시무시한 이족 보행 늑대형을 자유자재로 변환할 수 있는 그들은 어찌 보면 수인의 계통과 비슷했지만, 그들과는 비교 자체가 되질 않는 격이 다른 강함을 지니고 있었다고 하지요. 하지만 그 특유의 포악한 성정 탓에, 모두 멸족당해 이제는 신화나 전설 속의 이야기로만 남았습니다.

라이칸스로프. 어디선가 한 번쯤은 들어본 적 있는 전설 속 몬스터다.

몬스터이면서도 완벽한 인간이 될 수 있고, 완벽한 인간이면서도 몬스터가 될 수 있는 불가사의한 존재. 동물형과 인간형을 번갈아 취할 수 있는 수인과는 다르다. 무엇보다 라이칸스로프의 인간형에는 '꼬리'가 남지 않는다.

"분명……."

이 빌어먹을 특성에 따르면 '특정 조건을 충족할 경우, 몬스터의 단계가 상승된다'고 했다.

나는 그 순간 직감했다. 내가 살 수 있는 길은 이것뿐이란 것을.

특정 조건이 무엇이든 간에, 최대한 빨리 그것을 완료해 진화와 진화를 거듭해야 한다.

물론 라이칸스로프가 아닌 엉뚱한 몬스터가 될지도 모르는 일이지만, 그래도 유일한 가능성은 이것밖에 없으니.

나는 몸을 벌떡 일으켰다. 해야 할 일은, 이미 정해져 있었다.

강원도의 산간 지방은 이미 오래전부터 '몬스터의 땅'이 되었다. 그런 만큼, '균열'의 최초 근원지였던 이 산간 지방은 이제는 인류의 힘으로는 어찌할 수 없을 정도로 많은 몬스터가 살아가고 있다.

늑대, 오크, 고블린 같은 하위급 몬스터와 트롤과 가고일

같은 중위급 몬스터, 그리고 오우거와 와이번 정도의 상위급 몬스터까지.

대한민국 강원도는 세계에서 손꼽힐 정도로 다양한 종류의 몬스터 생태계가 존재한다. 그렇기에 이 지역은 몬스터들에게는 삶의 터전이자, 그것들을 잡는 기사나 사냥꾼에게는 완벽한 돈벌이 장소였다.

"인마! 정신 좀 차려!"

그러나 이 강원도를 단순한 '돈벌이'로 보는 낙관적인 견지는 최소 중상급쯤 되는 기사나 되어야 가능했다.

대부분의 일반인에겐 이 산간 지방은 몬스터들이 서로 치열한 투쟁을 벌이는 지옥도이고, 몬스터를 잡아 먹고사는 이들에게는 목숨을 담보로 돈을 벌어가는, 여건만 된다면 당장에라도 때려치우고 싶을 살얼음판 같은 직장이었다.

"여기까지 와서 기절하면 어쩌겠다는 거야! 일어나!"

조금만 더 걸으면 군부대의 도움을 받을 수 있는 강원도의 초입.

하급 사냥꾼, 김태조는 자신의 이마에 흐르는 피와 땀을 닦을 생각도 못 한 채, 바닥에 널브러져 있는 동료 사냥꾼의 뺨을 사정없이 후려쳤다.

"……나는 안 돼."

그러나 동료 사냥꾼은 맥없는 말을 내뱉을 뿐이었다. 눈을 감은 채, 당장에라도 그 가녀린 숨결이 끊길 것 같아 보이는 동료는 한쪽 다리가 잘려 있었다.

그 단면을 자세히 들여다보면 더욱 끔찍했다. 흉험한 야수의 이빨 자국이, 그 짧은 새에 그들이 겪었던 끔찍함을 대변하고 있었다.

하급 사냥꾼 3명, 중하급 사냥꾼 2명으로 출발했던 그들의 무리는, 야수화가 된 대호를 만났다.

운이 안 좋았다.

야수화가 된 대호는 보통 산간 깊은 곳에서, 보다 강한 몬스터들과 투쟁의 삶을 계속한다. 즉, 이런 초입에서는 결코 볼 수 없는 몬스터다.

한데 그들이 그런 대호를 이 산간 지방, 몬스터 필드의 초입에서 마주친 것은…… 아마 길 가다 벼락을 맞은 것과 비슷할 정도로 어이없는 일이었다.

"얌마! 일어……."

김태조는 말을 끝까지 잇지 못했다.

어디선가, 그르릉– 하는 야수의 울음소리가 들려왔기 때문이다.

"……."

그는 숨을 죽인 채, 그 소리의 진원지로 고개를 살짝 비틀었다.

갈기가 갈색으로 빛나는, 딱 봐도 오래 굶주린 것 같은 늑대가 한 마리 보였다. 얼마나 굶었는지, 뼈가 앙상하고 눈동자는 핏빛으로 물들어 있다.

"……씨……."

갈색 늑대는 최약체다. 하급 사냥꾼이 세 명만 있으면, 아니 저 정도로 굶은 놈은 두 명만 있어도 쉽게 잡을 수 있다.

그러나 상황이 최악이다. 동료는 다리가 한 짝이 잘렸고, 자신은 그런 동료를 끌고 여기까지 달려오느라 당장 기절해도 이상하지 않을 몸 상태다.

"……저리 가! 가라고!"

태조는 절박하게 외쳤다. 그러나 본능적 식욕에 사로잡힌 갈색 늑대는 아가리에 침을 질질 흘리며 서서히 다가올 뿐이었다. 마치 오랜만에 만난 먹잇감의 상태를 탐색하는 듯.

"이런 시발!"

어쩔 수 없다. 김태조는 동료 사냥꾼을 버려두고서 혼자라도 도망치려 했다. 하지만.

ㅡ그르렁!

늑대의 부르짖음과 한계까지 중첩된 피로 탓에 다리가 움직이질 않았다.

그리고 애당초, 아무리 굶주렸다 한들 늑대를 상대로 도망칠 수 있을 리가 없다.

"이 개, 개, 개새끼! 내가 너 같은 개새끼만 100마리를 잡았는데……."

결국 체념한 태조는 욕설을 뇌까리며 '마나탄'도 없는 엽총을 집어 들었다. 잘하면, 정말 운이 좋으면 대가리를 정통으로 찍어서 기절시킬 수 있을지도 모른다.

"……."

태조가 침을 꿀꺽 삼켰다.

그리고 그것이 신호나 다름이 없었다.

늑대가 지축을 박차고 돌격해 왔다.

그는 차마 그것을 볼 수가 없어 눈을 꽉 감고 엽총을 휘둘렀다.

콰직.

둔기의 타격음과는 조금은 다른, 모가지가 비틀리는 소리가 울렸다.

"……?"

그 의아한 사운드에 태조는 조심스레 눈을 떴다.

그리고 그는, 다시금 절망할 수밖에 없었다.

"허……?"

또 한 마리의 갈색 늑대였다.

그런데 거대했다. 마치 야수화가 되기 전의 호랑이의 몸집과 비슷하다.

거대한 갈색 늑대 놈은 아까 태조에게 달려들었던 늑대의 모가지에 이빨을 박아 넣고 있었다.

한데 그 크기 차이가, 같은 몬스터라고 말하기에는 괴이할 정도로 컸다. 물론 굶주렸던 갈색 늑대가 유난히 크기가 작긴 했지만, 이토록 큰 갈색 늑대는 태조로서도 평생 처음 봤다.

"시발."

그리고 그런 갈색 늑대의 시선을 받으며 태조가 욕설을 읊조렸다.

날카로운 야수의 눈매에, 형형하다 못해 고고하기까지 한 동공. 그 위맹한 눈빛이 이쪽으로 향하니, 형용할 수 없는 위압감이 느껴졌다.

그는 인정할 수밖에 없었다.

어쩔 수 없이, 내 삶은 여기까지인가 보다.

야수화 된 대호에, 호랑이만 한 갈색 늑대.

그래, 마지막치고는 운이 너무 좋았다. 아니, 운이 참 젠장맞을 만큼 좋았기에 마지막이다.

"……후."

체념한 태조가 눈을 감았다.

저벅저벅− 하는 묵직한 발소리가 귓가에 속삭여졌다.

그러나 시간이 아무리 흘러도, 어떠한 고통도 느껴지지 않았다.

그것에 의아한 그는 조심스레 눈을 떴다.

"왁!"

코앞에, 갈색 늑대가 있었다.

그러나 뭔가 이상했다.

늑대는 바닥에 쓰러진 동료 사냥꾼의 갑옷 사이에 이빨을 넣어, 마치 그를 들어 올리는 듯한 행위를 하고 있었다.

"……뭐, 뭐야?"

놀리는 건가, 따위의 생각을 한 태조였지만, 다음에 이어진 늑대의 행동은 그의 얼을 빠지게 하기 충분했다.

늑대는 마치 자신을 따라오라는 듯 고개를 휘젓고는, 동료 사냥꾼을 잡아 물고 군부대가 위치한 서쪽 방면으로 움직이기 시작했다.

'잘 따라오네.'

세진은 조심조심 뒤따라오는 남자를 바라보며 생각했다.

남겨두고 온 갈색 늑대가 조금 아깝긴 하지만, 어차피 그만큼 굶주린 놈이면 사체로서의 활용 가치가 없어 받아봤자 정부 보조금 50만 원이 끝이다. 그러니 그저 사람 두 명 살린 것으로 만족하자.

그렇게 얼마 동안 걸었을까, 드디어 저 멀리 산간 지방의 입구가 보였다. '이 앞으로는 몬스터가 다수 출몰합니다'라는 팻말과 함께.

그것을 확인한 세진이 아직 맥박이 희미하게나마 뛰는 남자를 내려놓고 뒤를 돌아보았다.

"흡!"

그러자 따라오던 남자가 숨이 멎는 듯한 소리를 냈다.

그 모습에 세진은 괜히 심술이 동해서 한번 장난을 쳤고,

－그르릉.

"으아악!"

그는 멋진 반응을 보이며 뒤로 나자빠졌다.

'너무 위험하게 살지 마쇼.'

그 반응에 피식 입가를 비틀어 올린 세진은 잔뜩 긴장한 남자의 어깨를 앞발로 두어 번 두드리고서, 그대로 그를 지나쳐 숲속으로 향했다.

남겨진 남자, 김태조는 한참 동안을 멍하니 있었다. 늑대는 이미 저 숲속으로 사라진 지 오래다. 그러나 이 불가사의한 상황이…… 도저히 이해가 가질 않았다.

애써 정신을 차린 그는 방금 벌어진 일을 되새겼다. 갈색 늑대가…… 그 몬스터가…… 자신을 구해주었다.

꿈인가, 싶어 뺨을 한번 짝 때려봤다.

"악."

아팠다. 꿈이 아니다. 그는 얼이 나간 채, 늑대가 사라진 방면을 응시했다.

"……쿨럭."

"아. 상윤아! 일어났냐?!"

그러나 곧 동료 사냥꾼이 마른기침을 했고, 태조는 재빨리 동료 사냥꾼을 부축하여 일으켜 세웠다.

"저기요!"

크게 소리치자, 저 멀리 입구를 지키는 초소에서 반응이 부산스럽게 일었다.

"도와주세요!"

소리의 진원지를 파악하고 부랴부랴 달려오는 군인들을 바라보며, 태조는 아까 벌어졌던 꿈만 같던 상황은 잊고 생을 이어갈 수 있다는 기쁨에 환한 미소를 지었다.

"……영물이요?"

"예. 그게 아니면 도저히 설명할 방법이 없습니다. 그 크기며, 마치 인간처럼 행동하는 지성 있는 모습이며……."

태조는 차를 홀짝이며 다시금 감동했다는 표정을 지었다.

"하지만 몬스터가 영물이 될 수 있을까요?"

초소의 경계병이 고개를 갸웃하며 되물었다.

영물, 신령스러운 짐승. 자연의 영기를 받아들여 육체적, 정신적 강함을 얻었다는 신비한 존재. 그들은 마나에 의해 폭주한 짐승, '야수'와는 본질적으로 다른 취급을 받는다.

"늑대면 충분히 가능합니다. 지금은 그 성정의 포악함 때문에 몬스터 취급을 한다지만, 늑대는 원래 짐승이었어요."

"……만약 사실이라면 신기하네요."

그러나 경계병은 그 말을 완전히는 믿을 수 없었다. 당연했다. 영물은 그리 흔한 존재가 아니다. 영물의 범주에는 그 전설 속의 구미호가 포함되어 있으니.

불신이 뒤섞인 태도에 태조가 미간을 좁히며 입을 열었다.

"만약이 아니라. 완벽한 사실입니다. 저희가 직접 겪은…… 아! 맞다!"

하지만 그는 불현듯 무엇인가가 떠오른 듯, 소리를 내지르며 벌떡 일어났다.

"녹화 렌즈! 나, 녹화 렌즈를 끼고 있었어!"

녹화 렌즈. 말 그대로 망막에 비치는 시야를 녹화할 수 있는 이 렌즈는, 태조 같은 극히 생계형 사냥꾼들이 종종 끼고 다니는 장비였다. 혹시라도 희귀 몬스터를 영상에 담으면 그것도 그것대로 돈이 되고, 잘 뽑아진 사냥 과정을 담으면 그것도 그것대로 교육 영상이랍시고 팔 수 있기 때문이다.

"……예?"

"잠깐 딱 기다려! 내가 보여줄 테니까!"

그는 피가 나올까 걱정될 정도로 급하게 눈에 손가락을 넣어 렌즈를 하나 꺼냈다.

"어디, 어디 함 보자고!"

"에취!"

그리고 같은 시각. 근처 토굴에서 고블린폼으로 여태 모은 몬스터 사체를 해체하던 김세진은 별안간 재채기를 했다.

"……크흥."

뻘건 손으로 코를 한번 푼 그는 해체가 완료된 사체의 부위들을 모두 정리해 놓고서 돌로 만든 의자에 앉았다.

"크헹."

고블린의 특성은 '가만히 있질 못한다'는 것이다. 그 탓에 고블린폼일 때는 차분히 있는 것이 아예 불가능하다. 코를 풀거나, 손을 비비적거리거나, 이상한 소리를 내뱉거나 하는, 본능적 행위들이 저도 모르게 튀어나온다.

그것이 정말 싫었던 세진은 다시금 늑대폼을 취했다. 그러고는 돌침대 위에 몸을 웅크리고 누워 자신의 시스템창을 띄워보았다.

▶특성 「몬스터」 [등급: 희귀] [특성 레벨: 3]

-종족이 인간에서 몬스터로 변경된다. 단, 현 기력 수치에 따라 하루 24시간에 (70분) 동안은 인간의 형체를 취할 수 있다.

-몬스터의 힘은 인간형일 때는 다소 하향되어 적용된다.

-수면욕을 상실한다.

-현재는 갈색 늑대로 포밍 중.

▶능력치

[근력 16] [지구력 15] [민첩력 19][기력 7]

[마나 친화력 1] [마력 1] [운 3]

[갈색 늑대: 근력과 지구력이 5만큼 상승하고, 민첩력이 8만큼 상승한다. 인간 형체를 취할 시 효과가 1/3배만큼 감소된다.]

한 달 동안 이룬 성과로, 특성 레벨이 무려 '2'나 올랐다.

-그르릉.

만족 못 할 성과에 괜히 화가 난 세진이 으르렁댔다.

대략 한 달 전. '라이칸스로프로 진화하자'는 목적을 가진 그 즉시 세진은 짐을 모두 챙겨서 강원도로 떠났다. 거의 타임 어택의 수준이었다.

송파구에서 강원도의 산간 지방까지 30분 안에 가기. 마나 기차가 아니었다면 불가능했을 것이다.

어쨌든 세진은 아슬아슬하게나마 성공했고, 군부대와 기사단의 눈을 피해 산간 지방의 초입에 조심스레 잠입했다.

처음에는 정말 어찌해야 할지 몰랐다. 별안간 몬스터의 섭리에 끼어들게 된 세진은 혼란을 거듭했다. 그러나 시비를 거는 몬스터들에게 살아남기 위해 때로는 오크형으로, 때로는 늑대형으로 그들에 대항했다.

많은 고생을 했다. 이빨 사이에 낀 살점의 역한 냄새와 둔기로 생명체를 짓이기는 소름끼치는 감각.

모든 경험은 도저히 익숙해질 수 없는 것들이었다. 점점 인간이 아니게 되어가는 것 같은 불안감에 매일 밤을 울었다.

그러나 어찌 되었든. 시간이 지날수록 그것들에 익숙해질 순 없더라도 역한 감정은 어느 정도는 마모되어 갔고, 세진은 목표를 향해 한 발짝 한 발짝 나아갈 수 있었다.

가장 먼저, 사냥꾼들은 절대 찾을 수 없을 만큼 괜찮은 동굴 하나를 근거지로 삼고, 그곳에 아예 살림을 차렸다.

고블린의 특성 중 하나인 섬세한 손재주로 동굴을 다듬고 추위에 견딜 수 있게끔 몬스터들의 모피를 깔았다. 식수는 근처에 강이 있으니 상관이 없었고, 음식은 야생 짐승을 잡아 고기로 구워 먹었다. 그 이후로는 사냥의 연속이었다.

처음, 특성 레벨이 1일 때는 적대하는 모든 몬스터가 위협적이었다. 그 흔한 갈색 늑대조차도.

그래서 조금 머리를 썼다. 무리에서 탈락하거나 뒤떨어진 늑대들만 노려 늑대보다 근력이 훨씬 강한 오크폼으로 대가리를 깨부쉈다.

그렇게 한 10마리 정도 잡았을까. 드디어 특성이 처음 레벨업을 했다.

그러나 그 변화는 기대와는 조금 달랐다. 물론 오크나 늑대의 몸뚱아리는 더 비대해졌고, 힘은 더욱 강맹해지긴 했다. 고블린은 이상하게 그대로였지만.

하지만 그가 원한 건 이런 '성장'이 아니었다. 그가 원한

건 '진화'였다.

예를 들면 갈색 늑대는 그 동류의 상위 몬스터인 잿빛 늑대로, 오크는 마찬가지로 동류의 상위 몬스터인 오크 전사로, 고블린은…… 그냥 아무거나.

그러나 변화는 오직 동일한 몬스터가 지닌 무력의 '성장'뿐이었다.

그럼에도 그는 낙심하지 않고 더욱 노력했다. 한 번 더 레벨업 하면 진화하지 않을까 하는 심정으로.

실망은 했지만 그래도 특성 레벨이 2가 되니, 사냥이 조금 더 쉬워졌다.

같은 갈색 늑대끼리 싸움이 붙더라도 세진의 몸집이 1.5배 정도는 더 거대했고, 힘의 차이는 그보다 더욱 확연했다. 그래서 그는 순식간에 이 일대의 포식자가 되었다.

하지만 레벨업은 오히려 더욱 더뎠다. 레벨 1에서 레벨 2까지는 고작 3일, 10마리면 충분했다. 그러나 레벨 2에서 레벨 3까지는 무려 30일, 100마리로도 부족했다.

그 답답함에 세진은 좀 더 상위 몬스터가 있는 쪽으로 가볼까 생각도 해봤지만 그만뒀다.

다른 게 아니라, 몬스터의 세계에선 한 등급 차이가 어마어마하기 때문이었다.

가벼운 예로, 갈색 늑대와 잿빛 늑대.

두 몬스터의 관계는 갈색 늑대가 최하급, 잿빛 늑대가 하급으로 딱 한 급밖에 차이가 나질 않는다.

그러나 갈색 늑대가 잿빛 늑대를 사냥하기 위해서는 적어도 한 무리, 12마리 이상의 개체수가 필요하다.

그렇기에 어쩔 수 없이 이곳 최하급 몬스터 서식지에서 끔찍한 사냥 노가다만을 반복하길 31일. 그는 드디어 한 번 더 레벨업을 했다.

그러나 그를 기다리는 건 역시 진화가 아닌 성장이었다. 몸과 힘이 호랑이와 맞먹는 잿빛 늑대와 비슷한 정도가 되었지만, 결코 잿빛 늑대로는 진화할 수 없었다.

'도대체 뭘 어떻게 하면 되냐고.'

그가 늑대폼으로 한숨을 내쉬자 푸릉- 하는 귀여운 콧소리가 났다. 물론 우연히 마주친 사냥꾼들은 이 비대한 몸에 놀라 도망치느라 바빠 전혀 귀여워해 주지 않았지만.

한데, 그렇게 고민에 빠져 있는 그의 망막에 별안간 이상한 문자가 맺혔다.

「조건 완료: 최소한의 명성」

-최소 100명 이상 사람이 '갈색 늑대'의 존재를 뇌리에 각인했습니다. 모든 능력치가 1만큼 상승합니다.

-이제 갈색 늑대가 아닌 잿빛 늑대로 포밍이 가능합니다. 포밍 능력치가 상향 조정됩니다.

-이제 인간형일 때에도 '잿빛 늑대의 후각'이 적용됩니다. (활성/비활

성 가능)

▶능력치

-[근력 22] [지구력 21] [민첩력 28][기력 8]

-[마나 친화력 2] [마력 2] [운 4]

-[잿빛 늑대: 근력과 지구력이 10만큼 상승하고, 민첩력이 16만큼 상
승한다. 인간 형체를 취할 시 효과가 1/3배으로 감소한다.]

"……푸헹?"

너무나도 믿기 힘들 정도로 갑작스런 변화였기에 세진은
순간 넋이 나갔다.

그러나 황급히 정신을 차린 그는 곧 눈알을 데굴데굴 굴려
자신의 몸 상태를 확인해 보았다.

확실히, 달라졌다.

개털과 다름이 없었던 갈색 털이, 윤기 나는 회색빛으로
변해 있었다.

몬스터의 사체는 여러모로 쓸모가 있을 수도 있고, 없을
수도 있다.

뼈나 가죽이 튼튼하고 질긴 몬스터의 사체는 다른 몬스터
를 처단하는 데 용이한 무기의 원자재로 쓰이고, 마나가 심
장에 축적되어 '마나석'을 형성한 사체는 마법과 기적의 원천
으로 소모된다.

여기서 기적이란, 자연과학법칙으로는 증명이 불가능한 마법 효과를 사람이나 물건에 부여하는 행위, 일명 '인첸트'를 일컫는다.

그리고 그런 몬스터들의 사체를 처분하는 주체는 '국가'다.

돈에 눈이 먼 유통업자들이 기사나 사냥꾼들을 상대로 사기 치는 걸 막음과 동시에, 국가 차원에서 몬스터들의 시세를 정확히 측정하고 그에 알맞게 대응하기 위함이다.

하지만 이 '몬스터 사체처리 공영화법'은 전 세계에서 오로지 한국에서만 적용되는 특별한 제도다. 그래서 한국은 몬스터 사체로 먹고사는 직종들에게는 천국이라고 불리며, 인구대비 가장 많은 수의 기사와 용병, 사냥꾼이 살아가고 있다.

"갈색 늑대 두 마리. 우선 정부 보상금 100만 원과 하급 사냥꾼 등록증입니다. 승급 축하드려요."

그리고 이곳은 몬스터 사체를 처분하는 국가 공인 '몬스터 상점'. 이 상점은 몬스터의 사체를 매입하고 여러 장비를 판매함 동시에, 특별한 행정 처리 업무도 담당하고 있다.

그것은 바로 사냥꾼의 '등급제'를 전담하는 것.

어차피 사냥꾼의 등급과 직결되는 건 실적이고, 그 실적은 잡을 수 있는, 혹은 잡은 몬스터의 개체수로 결정되기 때문에, 아주 오래전에 사냥꾼협회가 사냥꾼의 등급제를 '몬스터 상점'에 전부 일임했다.

"나머지 금액은 나중에 적어주신 계좌로 일괄 정산될 예정이에요. 그건 그렇고. 도축 상태가 정말 깔끔하네요? 요 근래 쌓으신 실적도 대단하시고…… 겨우 경력이 한 달 되신 사냥꾼이라고는 도저히 상상할 수 없을 정도예요."

여공무원이 방긋 미소를 지으며 말했다.

"……그런가요. 잘 모르겠는데."

그러나 세진은 무표정으로 일관하고서, 사냥꾼 등록증을 집어 든 채 곧바로 뒤로 돌아설 뿐이었다.

세진은 약 30일 전에 '최하급 사냥꾼'이라는 딱지를 얻었다. 그 과정은 대단히 쉬웠고, 또 간소했다. 그저 몬스터를 한 마리라도 직접 잡아오면 그 순간 최하급 사냥꾼이 될 수 있었으니.

사냥꾼이 된 이후로 그는 사흘에 한 번, 딱 2~3개 분량의 몬스터 사체만 처리하기로 했다. 그 이상은 너무 눈에 띄어 의심을 받을 수 있을 가능성이 있고, 지금 그의 상황으로는 그런 관심은 지금 최대한 피하는 게 옳기 때문이었다.

물론 '특성'이란 걸 지니고 있는 사람이 오직 세진 혼자뿐인 것은 아니지만, 그 어느 누가 '내 특성은 종족이 인간에서 몬스터로 변한 거예요'라는 미친 소리를 믿어주겠는가. 차라리 몬스터가 인간으로 변장했다는 게 더욱 믿기 편하다.

실제로 최근에 그런 몬스터 사건이 발생해서 '괴인'이라는 신조어까지 만들어지기도 했으니.

'……40분 남았네.'

이곳은 몬스터 필드와 가장 가까운 몬스터 상점이지만, 시간이 곧 생명과 직결되는 세진은 곧바로 밖으로 나서려 했다.

─어제 오후 7시경. 강원도의 산간 지방, 일명 '몬스터 필드'에서 기묘한 사건이 발생했습니다.

그러나 어디선가 들려오는 TV음성이 그의 발걸음을 붙잡았다. 은행을 닮아 내부가 현대식으로 세련된 이 몬스터 상점에는, 기다리는 사람을 위해서 선명한 화질의 홀로그램 TV가 설치되어 있었다.

─한 갈색 늑대가 같은 갈색 늑대에게 잡아먹힐 위험에 처한 사냥꾼을 구해준 사건인데요. 이 영상은 하급 사냥꾼 김태조 씨가 자신의 녹화 렌즈에 녹화된 영상을 SNS에 개제함으로써 사람들에게 널리 알려지게 되었습니다. 자, 한번 같이 보시죠.

앵커가 거기까지 말하자 화면이 바뀌고 화질이 선명치 않은 녹화 영상이 재생되기 시작했다.

－총알도, 여력도 다 떨어진 절체절명의 상황에 굶주린 갈색 늑대와 마주친 태조 씨. 그러나 쓰러진 동료를 두고 갈 수 없었던 태조 씨는 늑대와 대항하기로 결심한 듯, 두 손으로 엽총을 꽉 움켜쥡니다.

흉험하게 으르렁대는 굶주린 갈색 늑대의 모습이 가장 먼저 보였다.

－하지만 최선을 다해 엽총을 휘둘러보지만 여의치 않고, 결국 태조 씨는 포기한 듯 눈을 감습니다.

잠시 암전되는 영상.

－그러나 시간이 흘러도 아무 일이 벌어지지 않자, 태조 씨가 의아해하며 조심스레 눈을 뜹니다.

탁 트인 시야에는 또 다른, 아까보다 거대한 갈색 늑대가 있었다. 그 늑대의 이빨에는 방금 전까지 사냥꾼을 위협하던 갈색 늑대의 모가지가 꿰뚫려 있었다.

－더욱 거대한 갈색 늑대가 나타나서 태조 씨를 공격하려던 늑대를 물어 죽인 것이었습니다. 그러나 태조 씨는 여전

히 절망에서 벗어나지 못했습니다. 이 거대한 갈색 늑대가 자신을 죽일 것이라고 생각한 것이죠. 하지만 이 늑대는 달랐습니다.

갈색 늑대는 공격은커녕, 시체나 진배없는 동료 사냥꾼을 물어 올리고 어딘가로 훌훌 움직이기 시작했다.

−늑대는 마치 자신을 따라오라는 듯 고갯짓까지 하더니, 기절한 동료 사냥꾼을 물고 어딘가로 향하기 시작합니다. 그리고 잠시 멍하니 바라보던 태조 씨도 부랴부랴 몸을 일으켜 그 뒤를 조심스레 따릅니다.

얼마 정도 걸었을까, 마침내 시야 사이로 희끄무레 보이는 초소의 모습. 그러자 늑대가 물고 있던 사냥꾼을 내려놓고 다시 산속으로 돌아간다.

−이 늑대는 상처 입은 사냥꾼들을 도와줄 수 있는 초소가 나타나자, 동료 사냥꾼을 내려놓고 아주 쿨하게 떠나갑니다.

마지막 장면은 여유롭게 발걸음을 옮기는 늑대의 뒷모습이었다.

'……쿨해?'

　－현재 이 영상은 태조 씨의 개인 SNS에서 퍼져 나가 포털 사이트, SNS, 커뮤니티 등지에서 엄청난 인기를 얻고 있습니다. 네티즌들은 이 영상을 두고 '저 늑대 얼굴이 왜 저렇게 잘생겼지? 키우고 싶다. 아니, 키워지고 싶다', '몬스터지만 반할 것 같다', '마지막 장면의 듬직한 뒤태에 기절할 뻔했다' 등등의 뜨거운 반응을 보여주고 있습니다.

"흐흠."

괜히 어깨가 으쓱해져 온다.

'그렇게 멋졌나?'

　－그리고 이 이상 현상을 두고, 전문가들은 혹시 '성장형 몬스터' 혹은 '영물'이 아니냐는 추측을 조심스레 하고 있습니다.

　－성장형 몬스터는…… 예전에는 익히 있었지만 지금은 사라진 몬스터 타입으로, 말 그대로 성장을 하는 몬스터입니다. 늑대로 치자면 갈색에서 회색으로, 회색에서 흑색으로 점차 성장을…….

　그리고 전문가의 말은 언제나 도중에 끊긴다.

–네, 정말 기묘한 사건이었습니다. 저런 몬스터라면 저도 한번 꼭 보호를 받아보고 싶을 정도입니다. 이제 다음 소식입니다 오늘 오전…….

미모의 앵커가 저렇게까지 말하니, 세진은 괜히 얼굴이 붉어져선 헛기침을 했다.

"오호, 신기하구만. 내가 어제 잡은 것이 늑대였는데, 이거 조금은 미안해지네."

"흑색 늑대였잖아 그건."

"어쨌든, 다 늑대잖아."

어디선가 자기 차례를 기다리는 사냥꾼들의 대화 소리가 들려왔다.

슬쩍 바라보니, 겉으로 보이는 기세가 장난이 아니다. 등에 짊어 멘 저건…… 바주카포?

괜히 뜨끔한 세진은 황급히 몬스터 상점을 나섰다.

몬스터 상점의 밖으로 나오니, 많은 인파가 오가는 대로가 목전에 보였다.

참, 어찌 보면 안전 불감증이 아닌가 싶었다. 바로 근처가 강원도의 산간 지방, 일명 몬스터 필드인데 이렇게 아무런 걱정도 없이 사람들이 나다니고, 하늘을 찌를 듯 높이 솟은 고층 빌딩까지 지어져 있다니.

물론 저 수많은 빌딩 중 특히 **빼어난** 하나의 마천루는 '기사의 성지'라 불리는 에덴이고, 오가는 사람들은 상당수가 몬스터를 쉬이 쳐죽일 수 있는 기사나 사냥꾼이지만…….

"……후."

세진이 한숨을 내쉬었다.

그냥, 괜한 분풀이였다. 저 사람들은 편히 잘 사는데, 왜 나만 이런 고통을 겪고 있느냐 하는. 하지만 분풀이를 할 시간도 이제 얼마 남지 않았다.

인간으로 있을 수 있는 시간은 이제 고작 30분 남짓이니.

ㅡ저는 그저 좋습니다.

재빨리 몬스터 필드로 돌아가려던 세진의 귓가에, 옥외 광고에서 흘러나오는 소리가 들려왔다. 특성을 얻고 나서부터 오감이 민감해진 세진은 본능적으로 고개를 그쪽으로 돌렸다.

ㅡ아무리 큰 부상을 당하더라도, 심지어 사지가 분질러져서 영영 쓰지 못하는 한이 있더라도. 저는 싸울 겁니다. 부귀와 영예를 위해서가 아닌, 오로지 민중을 위해서요.

몬스터의 습격을 막아낸 걸로 보이는 기사 중 한 명이 온몸에 피칠갑이 된 채로 인터뷰하는 영상이었다.

선하게 처진 눈매와 날렵한 턱선, 금발로 염색한 머리가 퍽 잘 어울리는 저 기사는 세진도 알고 있는 사람이었다. 요즘 토크쇼나 예능에서도 많이 모습을 드러낼 정도로 핫한, '빛의 구원자'라는 특성을 가지고 있는 기사 김인수.

−제 이름은 김인수. 개벽기사단의 중급 기사입니다.

기사단 홍보 광고는 마지막에 기사단을 상징하는 문양과 김인수의 얼굴을 겹쳐 보이게 하는 것으로 끝이 났다. 그것을 빤히 바라보던 세진의 가슴에는 이루 말할 수 없는 씁쓸함과 먹먹함이 차올랐다.

'같은 특성인데…… 차암 다르네.'

깊은 탄식과 헤아릴 길이 없는 슬픔을 그저 한숨으로 달래고서 그는 터덜터덜 초라한 발길을 옮겼다.

목적지는 저 멀리, 고고한 산봉우리만이 희뿌옇게 보이는 '몬스터 필드'.

가장 위험하지만, 지금의 세진에겐 가장 마음 편히 있을 수 있는 모순적인 장소다.

2장
고블린의 선의

　이제는 어엿한 안식처가 된 동굴로 돌아온 세진은 매번 시내에 나갈 때마다 찾아오는 우울함을 재빨리 털어버리고, 계획을 짜기 시작했다.

　일단 잿빛 늑대가 되었으니 조금 더 멀리까지 사냥을 나갈 수는 있다. 그러나 문제는…… 역시나 그 위험성이다. 아무리 특성의 레벨이 3으로 올랐고 갈색 늑대에서 잿빛 늑대로 성장했다 한들 하급 지대의 몬스터들은 여전히 버겁다.

　하급 지대에 살아가는 몬스터들은 잿빛 늑대, 오크 전사, 해골병, 트롤 등이 있는데, 모두 개개인의 무력으로는 잿빛 늑대를 압도하는 몬스터들뿐이다.

　잿빛 늑대가 하급 몬스터로 인가받고 하급 지대에서 원활히 살아갈 수 있는 이유는 단지 '무리'를 지어 다니기 때문이 니까.

'오크폼도 진화를 했으면 좋았을 텐데.'

아무래도 갈색 늑대만 혼자서 잿빛 늑대로 진화한 것을 보면, 오크와 늑대, 고블린 이 셋은 각각 특정한 조건을 따로 가지고 있는 듯했다.

만약 오크도 진화하여 오크 전사폼이 가능했다면 갈색 늑대를 때려잡았을 때 썼던 방법을 그대로 답습하여도 문제가 되지 않겠지만……. 아쉽게도 오크는 진화를 하지 않았다. 그래서 지금 오크폼을 취하더라도 오히려 잿빛 늑대 상태의 근력이 더 높다.

'그럼 일단 늑대로 사냥을 해야 한다는 이야긴데…….'

계속해서 고민을 이어가던 세진은 이내 머리를 털고 자리에서 일어났다. 여기 죽치고 앉아 고민만 하는 건 아무런 도움도 되지 않는다. 일단 직접 가서, 한번 보고 오자.

그는 네 개의 발을 움직여 동굴 밖으로 나갔다.

−크르릉…….

과연 하급 지대의 섭리는 최하급 지대의 그것보다 더욱 험악했다. 흉흉하게 으르렁거리며 야성의 눈을 부라리는 잿빛 늘대들은 갈색 늑대 따위와는 비교도 되지 않았다.

물론 몸 크기만 따지자면 지금의 세진은 보통의 잿빛 늑대보다 1.5배 정도는 거대했다. 그러나…….

−크와아아알!

−그왈!

흉포한 기세의 잿빛 늑대 6마리가 동시에 허공으로 뛰어올라 주변을 정찰하던 오크 전사 한 마리를 덮치는 광경은 감상하기에 그리 유쾌하지 않았다.

−푸릉.

기가 죽은 세진은 등을 돌려 다른 곳으로 향했다. 뒤에서 오크가 개껌처럼 뜯어 먹히는 게걸스러운 사운드와 처절한 비명이 울려 퍼졌지만, 지금은 그저 저 늑대들의 먹잇감이 자신이 아니라는 것에 안도하는 수밖에 없었다.

잿빛 늑대는 하급 지대의 변방으로 향했다. 살짝 머리를 쓴 행동이었다.

이처럼 시냇가나 강물 같은 식수가 흐르는 곳에는 필연적으로 많은 몬스터가 모여, 일종의 킬링필드를 형성하게 마련이다. 그렇기에 혼자서 살아남을 수 없는, 무력적으로 약한 하급 몬스터들은 식수에서 최대한 멀리 떨어진 변방에서 무리를 형성할 것이다.

예를 들어…… 고블린 같은.

−그르릉.

그리고 세진의 그런 예상은 적중했다.

늑대의 눈이 번뜩이고, 입가에는 비릿한 미소가 절로 걸렸다. 저 멀리. 불이 모락모락 피어나고, 원시 형태의 움집 여러 개가 힐끗힐끗 보이는 부락이 하나 있었다.

그는 천천히 그쪽으로 다가갔다. 하급 지대에 사는 고블린 이라면 약재나 주술과 관련된 고블린 부락일 것이 분명하다.

그리고 그런 고블린은 무력적인 면에서는 형편없다.

약재와 관련된 고블린이라면 독을, 주술과 관련된 고블린 이라면 저주만 조심하면 된다. 물론 그게 어려워. 하급 이상 의 고블린은 등급을 불문하고 사냥꾼과 기사들이 뽑은 기피 몬스터 1위로 선정되었지만.

-크렝, 켕!

-트킹!

저기 두 마리 녹색 피부의 고블린이 보였다. 그중 한 놈은 몸에 많은 문신이 덕지덕지 덧그려져 있는 것이, 아무래도 들어만 봤던 '엘리트 고블린'인 듯했다.

'약재 쪽이다.'

그리고 그는 냄새를 맡으며 확신했다. 늑대의 예민한 후각 은 찌르는 듯한 약재의 낌새를 맡을 수 있었다.

-크렝!

-크렝!

두 마리의 고블린은 무슨 인사로 보이는 행위를 하고서는 서로 헤어졌고, 그는 그 즉시 수풀에 숨어 몸을 바짝 엎드렸다.

두 놈 중 한 놈, 몸에 문신이 많은 놈이 이쪽으로 점점 다가오기 시작했다. 아무래도 손에 들린 망원경 비슷한 물체와 발에 신겨진 신발로 보아서는 정찰 혹은 약재 채취를 하러 떠나는 것 같았다.

놈이 점점 가까워지고, 그 좁혀지는 거리에 비례하여 심장의 박동 또한 빨라졌다.

한 발자국, 두 발자국.

풀숲에 누가 숨어 있을지는 상상도 못 한 채 놈은 사지 안으로 서서히 발걸음을 내디뎠고 세진은 근육을 팽팽히 죄여오는 긴장에 저도 모르게 입맛을 다셨다.

습격의 시간이 다가오자 세진은 몸을 반쯤 일으켜 세우고 공기저항을 최소화하기 위해 귀를 눕혔다. 고블린은 본래 영악하고 예민한 몬스터이지만, 저 엘리트 고블린은 그중에서도 특히 빼어날 터.

최선에 최선을 다하고, 신중에 신중을 기해야 한다.

─……크릉?

과연, 눈치 빠른 고블린은 사정거리에 채 들어오기 전에 불길한 기운을 감지한 듯했다. 그러나 세진은 그 즉시 지축을 박차고 내달렸다.

흉악한 야수는 마치 노도처럼 대지를 사정없이 파헤치며

먹잇감을 향해 쇄도했다.

'……멀다.'

하지만 거리가 아슬아슬하게 모자랐다. 설상가상으로 이 고블린은 침착하기까지 했다.

놈은 원시형 무기, 바람총을 꺼내 이쪽으로 쏘려했다. 과연 엘리트다운, 두려움이 결여된 침착함. 저 수많은 문신은 허투루 칠해진 것이 아니었다.

'이런 씹!'

그러나 세진은 그보다 더욱 절박했다. 그 처절하기까지 한 절박함은 야수의 사족에 한계를 뛰어넘는 힘을 더했고, 잿빛의 선풍을 일으키며 쇄도한 늑대는 고블린이 반격을 하기 한 발자국 앞서 놈의 목을 꿰뚫어낼 수 있었다.

그리고 그와 동시에, 마치 승전보처럼 느껴지는 알림이 떠올랐다.

▶[완료 : 한계를 넘은 뜀박질] 액티브 스킬 '선풍의 질주'를 습득.

-질주를 순간적으로 가속합니다.(인간형일 때도 사용 가능)

-현재 민첩 수치에 따라, 하루에 (2회)를 초과하여 사용하면 육체에 무리가 갑니다.

콰직.

세진은 그 문장을 읽으면서 고블린의 목뼈를 부러뜨렸다.

놈의 피가 늑대의 이빨 틈사이로 흘러들어왔다. 그러자 또 다시 알림창이 하나 떠올랐다.

▶[완료 : 고블린의 전통, 기억전이]

-약재 고블린의 피를 섭취하셨습니다. 이제 고블린폼 혹은 인간폼으로 있을 때 '엘리트 고블린의 약재 지식과 제조 능력'을 활용할 수 있습니다.

세진이 고개를 갸웃했다.

좋은 건가?

그러나 적진으로 뛰어든 것이나 마찬가지인 그에게 그런 속편한 탐구는 허락되지 않았다.

-크렝, 켕!

맹수의 사냥이 야기시킨 난리통에 고블린 무리가 이쪽으로 달려오고 있었다.

그 살기등등한 모습에 세진은 뒤도 안 돌아보고 줄행랑을 쳤다. 등 뒤로 놈들이 쏜 독침이 바람을 가르며 날아왔으나 늑대의 질주는 그보다 곱절은 쾌속이었다.

전리품인 엘리트 고블린을 아가리에 대롱대롱 매달고, 최하급 지대에 있는 집으로 돌아가는 늑대의 씰룩이는 뒷모습은 흥겨워 보이기까지 했다.

"……?"

그러나 그렇게 걷던 중 별안간 어디선가 끙끙 앓는 소리가 희미하게 들려왔다.

그는 일단 고블린을 내려놓고서 귀를 쫑긋 세웠다.

—……하아…….

부서질 듯 희미하지만, 분명하다.

사람의 신음.

사람이 사람을 구하는 데에 별다른 고민은 필요치 않았다.

세진은 고블린을 다시 집어 물고서 그 소리가 들려온 쪽으로 몸을 날렸다.

때아닌 전력질주를 한 1분 정도 계속했을까. 그는 큰 부상을 입은 채, 수풀 속에 쓰러진 한 사람을 발견할 수 있었다.

부상의 정도는 차마 눈 뜨고 볼 수 없을 정도로 심각했다. 찢겨진 복강에서는 선혈이 철철 흘러나옴은 물론 장기까지 희미하게 비쳐 보이고, 간헐적으로 신음을 내뱉는 입에서는 끊임없이 혈액이 흘러나오고 있었다.

당장 숨이 끊겨도 이상하지 않을 중대한 용태였지만, 이 사람은 여전히 살아 있었다. 의식은 없으면서도 신음을 내뱉으며 죽음에 굴복하지 않기 위해 두 손에 주먹을 꽉 쥔 채로.

─······크릉.

세진은 그녀가 누군지 알고 있었다.

종족은 엘프······ 같은 인간, 직업은 기사.

대한민국 최고의 기사단이라는 '칠흑 기사단' 단장의 딸이자, 최연소 고위 기사 등극을 목전에 둔 '미래 한국을 대표하게 될 여기사', 혹은 '한국에서 제일 아름다운 여기사', 김유린.

그 아름다움에 대한 극진한 칭호는 결코 허명이 아니었다. 이처럼 죽음의 경계를 바로 마주했으면서도 그녀는 아름다움을 잃지 않았다.

그러나 그 외모와 능력, 인성에 대한 찬탄과 경탄은 훗날로 미뤄야 마땅하다. 일단 그 모든 영광은 살아 있어야만 유지되기에.

그는 재빨리 고블린을 내려놓고서 오크폼을 취했다. 오크가 되니 이 가녀린 여자는 깃털보다도 가벼웠다. 그래서 그는 버리고 가려던 고블린의 사체까지 어깨에 짊어 메고서, 안식처로 발걸음을 급하게 옮겼다.

그때까지, 부디 살아 있어야 할 텐데.

세진은 가장 먼저, 그녀를 돌침대에 눕히고서 고블린폼으로 전환했다. 키가 작아 어쩔 수 없이 침대 위로 올라가 그녀의 상처를 관찰했다. 그러자 정말 거짓말처럼 무슨 약재를 통해 어떤 포션을 만들어야 하는지가 떠올랐다.

'몽유초, 제증유, 물망초, 그리고…… 하급 마나석.'

그는 아까 지고 온 고블린의 몸을 뒤졌다. 다행히 놈의 등에는 조그마한 가방이 매달려 있었고, 그 안에는 앞서 말한 재료와 절구통까지도 모두 들어 있었다. 위 재료 중 가장 중요한 재료인 하급 마나석은 한두 개쯤 있으니 상관없었다.

세진은 어느샌가 뇌에 스며든 포션 제조 과정을 그대로 실천하기 시작했다.

일단 재료들을 적절히 배합하여 절구통에 넣고 최선을 다해 빻는다. 그렇게 해서 어느 정도 가루가 된 것 같으면 마나석을 하나 집어넣고, 다시 빻는다. 그러면 신기한 일이 벌어진다.

고체였던 마나석이 약재의 재료들과 합쳐져, 푸르른 빛무리를 영롱하게 발하는 '액체'로 성질이 변화한다.

시중에서 파는 응급 물약과 그 겉보기만은 비슷하지만, 그 성능은 천지 차이일 것이다.

세진의 머릿속에 자리 잡은 약재에 대한 지식이 그 비교 우위를 확신했다. 아마 이 정도면 적어도 중하급 포션쯤은 되지 않을까.

응급 물약이 자상 같은 얕은 상처만 치료가 된다면, 이 신비한 약은 깊은 상흔의 회복은 물론이고 잃은 혈액의 보충까지도 도울 수 있다.

그는 만들어진 약의 일부를 그녀의 상처 부위에, 나머지는 그녀의 입으로 흘려보냈다.

그러자 신비함이 발생했다. 장기가 다 보일 정도로 흉측하게 찢겨졌던 복강이 그 형체를 느리지만 확실하게 재생하기 시작했고, 당장에라도 숨이 멎을 듯 창백했던 안색은 점차 정상을 찾아갔다.

"휴우……."

회복되어 가는 모습에 세진은 안도의 한숨을 내쉬었다. 그리고 별안간, 알림창이 여러 개 연이어 떠올랐다.

「조건 완료: 고블린의 선의」

-최소 1명 이상의 사람에게 긴요한 도움을 주었습니다. 모든 능력치가 1만큼 상승합니다.

-이제 평범한 고블린이 아닌 '약재 고블린'으로 포밍이 가능합니다. 포밍 능력치가 상향 조정됩니다.

▶패시브 스킬 '고블린의 손재주'를 습득하셨습니다.

-손재주와 관련된 모든 행위 전반(제조, 요리, 청소, 치유 등)에 보너스를 받습니다.

-이 스킬은 인간형일 때는 다소 하향되어 적용됩니다.

"……어?"

고블린이 진화를 한 것으로도 모자라, 스킬까지 생겼다.

한 달을 뼈 빠지게 사냥했는데도 그 코빼기도 보이지 않아 존재하지 않는다고만 생각했던 스킬이 하루 만에, 그것도 세 개씩이나 생겼다.

감격일까, 당황일까, 허무일까.

어찌 되었든 고블린폼의 세진은 멍하니 앉아 그 문장들을 바라보았다.

그런 그의 이마에는 어느새 수줍은 문신이 하나 그려져 있었다.

비가 내리기 시작했다. 처음엔 가볍고 모나지 않았던 빗방울들은 곧 그 세를 험악하게 불려 나가, 어느새 산속의 개울물이 넘쳐흐르고 웅덩이에 빗물이 고이게 만들었다.

'조금 오래 걸릴 것 같네.'

그리고 그 빗줄기를 바라보던 세진은 나지막한 한숨을 내쉬었다.

고민이 많았다. 뒤에서 자고 있는 여자에게 무슨 설명을 해야 할지. 또 어떻게 변명해야 살해당하지 않을지. 고위 기사를 목전에 둔 상급 기사면 고블린 같은 하급 몬스터 따위는 정권 한방에 소멸시킬 수 있을 테니.

"……끄응……."

그러나 고민과 번뇌는 길게 이어지지 못했다. 치유를 끝낸 지 고작 한 시간도 채 안 되었는데, 김유린이 의식을 되찾아가는 듯한 앓는 소리를 냈기 때문이다.

가엾은 고블린은 그 가벼운 소리에도 화들짝 놀라 부랴부랴 그녀에게로 달려갔다.

"괜찮……."

그러다 문득 떠오른 생각에 행동을 멈춘다.

'고블린은 인간의 말을 사용하지 않는다.'

하지만 생각해 보니 어쩔 수 없었다. 애초에 '평범한 고블린'이었다면 인간을 살려주지도 않는다. 언제나 식량이 부족한 고블린은 음식을 가릴 여력 따윈 없으니.

"……으……?"

고통에 허덕이며 몸을 뒤척이던 김유린이 드디어 눈을 떴다. 게슴츠레 열려진 눈꺼풀의 틈새로 돌 천장이 보였다. 잠시 그 천장을 바라보며 고요히 생각하던 그녀는 곧 몸을 번쩍 일으켰다.

"읏!"

그러나 그 탓에 아직 회복되지 않은 온몸이 비명을 질러댔다. 그녀는 오만상을 찌푸리며 30분전까지만 해도 찢겨져 있던 복부를 어루만졌다.

그런데, 이상했다.

분명 검치대호의 손톱이 자신의 복강을 사정없이 파헤쳤는데, 그 끔찍한 고통이 아직도 선연한데 지금 만져지는 복부는 아무런 이상도 없이 멀쩡했다.

"괜찮아?"

한데 갑자기, 어디선가 남자의 목소리가 들려왔다.

유린은 안도의 한숨을 내쉬며 소리의 진원지로 고개를 돌렸다.

텔레포트 스크롤들이 모두 먹통이어서 혹시 몰라 챙겨온 긴급용을 사용했음에도, 그것마저도 좌표가 잘못 잡혀 이대로 꼼짝없이 죽는구나 생각했는데. 다행히도 근처를 지나가던…….

"아, 나는…….."

고블린이 있었다.

게다가 인간의 언어, 그것도 한국어로 말을 한다.

몸을 일으켜 감사 인사를 하려했던 김유린은 이 이해 못할 상황에 머릿속이 하얗게 명멸되어 가는 것을 느꼈다. 앞에 있는 고블린이 계속해서 뭐라 입을 움직이고 하고 있기는 한데, 들리지가 않는다. 아니, 뇌가 거부한다.

"……뭐, 뭐지?"

유린은 후유증으로 헛것을 보는 건가 싶어 눈을 꾹 감고 다시 떴다. 그래도 여전히 그대로이기에 눈을 비비고 다시 떴다.

"어……."

그러나 역시 그대로다.

"……나 뭐야? 미친 거야?"

그러더니 맹한 소리를 내뱉는다.

"아니, 나 진짜야."

그리고 세진도 답답했다. 아닌 게 아니라, 고블린의 언어 구사 능력이 굉장히 후졌기 때문이다. 쓸모없는 것까지 닮아 오는구나 진짜.

"와! 진짜 말하네. 나 이미 죽은 건가?"

유린은 두 손으로 얼굴을 감싸 쥐며 다시 침대에 누웠다.

그 이후로 그녀가 이 상황을 모두 받아들이기까지는, 꽤 오랜 시간이 필요했다.

세진은 불신의 눈빛으로 자신을 바라보는 김유린에게 사력을 다해 변명했다. 잘못하면 한 줌의 재가 될 것 같았기에.

세진의 변명은 간단했지만 스토리가 있었다. 자신은 태어날 때부터 다른 고블린과 달리 영특했고, 언제나 간사하기만 한 고블린의 삶에 회의를 가지고 뛰쳐나와 한 사냥꾼과 만나 불완전하게나마 인간의 언어를 배웠고, 습성을 익혔다는 내용이었다. 물론 그 사냥꾼은 불행한 사고로 말미암아 죽었고.

구체하고 세세한 설정과 플롯은 아니었지만, 그러나 다행히도 김유린은 그의 말을 그렇게 깊게 의심하지는 않았다.

일단 무엇보다도 고블린이긴 하지만 자신의 목숨을 구해준 은인이고, 몬스터들의 생리는 여전히 밝혀지지 않은 것이 가득한 미지이기 때문이었다. 인간의 형체로 변장하는 몬스터도 있는데, 어찌 인간의 언어를 사용하는 몬스터가 없으랴.

"……그런 사연이 있었구나……. 어쨌든, 구해줘서 고마워."

한층 태도가 부드러워진 유린이 힘없이 미소를 지으며 그의 머리를 쓰다듬었다.

그 상냥한 손길에 세진의 몸이 바싹 굳었다. 그리고 유린은 그것이 웃겼는지, 가벼운 웃음을 터뜨렸다.

"……하핫! 신기하구나, 너…… 읏."

그러나 아직 유린의 몸 상태는 마냥 웃어도 될 정도는 아니었고, 그녀는 찌르는 듯한 통증에 배를 움켜쥐며 얼굴을 찌푸렸다. 그러자 세진이 미리 만들어 뒀던 진통과 회복 효과가 있는 물약을 그녀에게 건네주었다.

"먹으라고?"

그가 고개를 끄덕이자 유린은 방긋 웃으며 그 물약을 들이켰다.

"……와?"

그 즉시 유린이 짧은 감탄사를 내뱉었다. 신기하게도, 정말 거짓말처럼 고통이 싹 가셨다.

"너 능력이 되게 좋구나!"

그녀는 빙그레 웃으며 자신의 앞에 있는 고블린의 머리를 다시금 쓰다듬어 주었다. 왠지 좋아하는 것 같기에.

"고마워. 진짜 고마워. 덕분에 살았어."

몬스터와 부대끼며 살았던 기사들에게 고블린이란 오직 안 좋은 기억의 덩어리였다. 저주와 독, 그것은 어떠한 저항력도 없는 인간 기사에게 가장 까다로운 두 가지 요소였으니까. 물론 고블린들의 흉측한 외모도 한몫했다.

그러나 지금, 김유린에게 자신의 앞에 있는 생명체가 고블린이라는 사실은 아무런 문제도 되지 않았다. 지성이 있는 이 고블린은 너무 착하고, 또 귀여웠으니.

"……아?"

그렇게 고블린을 쓰다듬던 중 유린의 팔에 매어 있던 팔찌가 별안간 진동했다.

슬쩍 보니 기사단이다. 임무 시간이 끝났음에도 복귀가 없어 기사단이 연락을 보내온 듯했다.

"맞다, 임무……."

임무는…… 아쉽게도 실패했다. 그것도 하마터면 목숨을 잃을 뻔할 정도로 처참하게.

하지만 천재일우의 기회로 이 고블린을 만나 구사일생을 하였으니, 이제 오히려 그것이 기회가 되었다.

'텔레포트 스크롤을 건드린 사람은 증거가 있으니 나중에 조사하면 찾아낼 수 있을 거고, 나를 사지에 밀어 넣고 도망 간 기사는 유종연과 김사랑…… 아니, 2팀 전체라고 보면 되 겠네.'

2년 뒤면 기사단장의 임기가 끝나고, 김유린의 아버지 김현석은 기사단장의 자리에서 내려와야만 한다.

그리고 그다음, 2년 후의 차기 단장의 유력한 후보는 현재 부기사단장 '오종혁'이 아닌 '김유린'이었다. 요즈음은 그걸 불만스럽게 여긴 부기사단장 라인과 김유린 라인 간의 알력 싸움이 음지에서 계속해서 벌어지는 상황이고, 이 사태는 그 알력 싸움이 극에 달한 결과라 할 수 있겠다.

아무리 고위 기사 승급식이 당장 다음 달이라서 마음이 급했다 하더라도, 이런 금수 같은 짓을 해야만 했을까. 유린은 이를 으득 깨물었다.

고위 기사도 혼자서는 버겁다는, 40년이라는 기나긴 세월을 살아온 검치대호굴에 진입하는 척해놓고 뒤로 내뺀 여섯 연놈. 그리고 7개의 텔레포트 스크롤과 마나 갑옷, 심지어 무기까지 모조리 작동되지 않게 만들어 놓은 불특정 다수.

"고마워. 덕분에 일망타진이 가능하겠어."

그러나 끓어오르는 화는 훗날을 위해 삭혀두자.

김유린은 미소를 지으며 고블린의 머리를 다시 한번 쓰다듬고서 팔찌에 음성을 흘려보냈다.

"상급 기사 김유린. 곧 복귀……."

그러나 유린은 말을 잠깐 멈추고 고블린을 힐끗 쳐다보더니 이내 피식 웃으며 말을 바꿨다.

"아니, 한 세 시간 정도 후에 복귀합니다. 비가 너무 많이 오네요. 그래서 산사태가 나서 동굴에 갇혀 버렸어요."

세진과 유린은 그 세 시간 동안 많은 이야기를 나누었다.

사실, 나누었다라고 하기에는 역할이 명확했다. 고블린폼으로는 언어를 이어가는 것조차 버거웠던 세진은 자연스레 듣는 쪽, 유린은 말하는 쪽.

"하아…… 어떻게 27살 먹을 때까지 연애를 한 번도 못해 볼 수가 있지…… 아, 근데 이건 나만의 문제가 아니야."

'……뭐 이렇게 발랄해? TV에서는 목소리도 낮고 엄청 차갑던데.'

세진은 예상과는 다른 그녀의 털털하고 수다스러운 모습에 굉장히 의아해했다. TV에서 확인했던 그녀는 분명 말이 많다기보다는 차갑고 이지적인 쪽에 가까웠는데…….

"나는 솔직히 인형 같은 평범하고 귀여운 선물이 좋거든? 근데 남정네들은 다 나를 '기사'라는 단편적인 면만 보고서는 검, 도, 마법 장비 같은 이상한 물건만 선물해 주니 내가 연애를 할 수 있나. 게다가 지들이 잘못해 놓고, 까이면 내 눈이 높다고 소문내서 나만 이상하게 만들고……."

그래도 세진은 만족했다. 어느 누가 대한민국에서 가장 유명한 여기사님의 사적인 푸념을 들을 수 있겠는가.

그는 적당히 장단을 맞춰주고, 어려운 단어가 나오면 적당히 모르는 척하며 그녀의 얘기를 세 시간 동안 끝끝내 들어주었다.

아니, 사실은 그녀의 얼굴을 관찰했다. 어떠한 찬사마저도 진부하게 만들 그녀의 아름다움은 세 시간 동안 계속 바라봐도 질리지가 않았으니.

그리고 마침내 약속했던 시간과 함께 비가 그치고, 하늘은 태양빛과 함께 맑아졌다.

"나중에 시간 나면 또 올게. 좀 늦을지도 모르지만…… 그때는 진짜 제대로 된 물건을 선물할 테니까."

짧은 만남의 끝을 목전에 두고 유린이 연신 뒤돌아보며 머뭇거렸다.

아마 그녀는 다른 무엇보다 자신의 목숨을 구해준 은인에게 보답한 물건이 시원찮다는 것에 대한 미안함의 감정이 더욱 큰 듯했다.

그러나 세진은 아니었다. 그는 오히려 고마워서 미칠 지경이었다.

유린은 세진에게 선물로 검치대호의 이빨, 검치를 주었다. 그녀는 과연 검치대호에게 일방적으로 당하기만 하지 않고, 기다란 검치 중 하나는 부러뜨리는 데 성공한 것이었다.

세진이 고블린의 지식을 얻지 못했던 때라면 이 검치는 조금 비싼 쓰레기 수준이었겠지만 지금은 아니다. 이 검치는 그 자체가 마나석이고, 동시에 약재다. 그래서 이 검치에 간단한 재료만 세심히 배합하면 다양한 효과의 포션을 10개도 더 만들 수 있다.

당장 생각한 활용 방법만 해도 신체의 위력을 강맹하게 만드는 효과가 있는 포션을 만들어 사냥을 할 때 활용한다거나, 방금 김유린에게 먹인 포션을 만들어 시중에 판매하는 등 다양하고 또 다양하다.

게다가 포션을 제조하여 판매하는 경우는 주위의 눈치를 볼 필요가 없어 더욱 좋다. 원칙적으로 개인이 제조한 포션은 성능이 확실하고 부작용이 없다고 판명되면 '익명'으로 판매하는 것이 가능하기 때문이다.

'그러니까 이게 적어도 5억은 넘을 거란 말이지.'

회복 효과가 있는 포션은 비싸다. 포션 취급도 안 해주는 응급 물약만 해도 개당 20만 원을 호가한다.

게다가 뉴스에서 각각 인간, 다크엘프, 고블린이 만든 포션을 비교해 봤더니, 동재료 대비 성능은 고블린 쪽이 가장 좋았다는 내용을 본 적이 있다.

'그리고 나는 고블린이지. 위대한 고블린.'

이거면 돈을 벌어서 장비도 사고, 강원도에 집도 살 수 있다.

"고마워. 잘 가."

세진은 기쁨으로 번들거리는 눈으로 김유린에게 인사

했다. 때마침 그 둘 사이로 투명한 햇볕이 밝게 가라앉았다. 이별하기 좋은 날씨다.

"……그, 그래! 너도 잘 있어! 너무 위험한 곳은 가지 말고!"

그렇게 말하는 유린의 목소리는 물기에 젖어 떨리고 있었다. 세 시간 동안 이상하리만치 많은 정을 주었기 때문일까, 저 해맑은 모습에 괜히 슬퍼졌다.

그러나 더 오래 있을 수는 없다. 유린은 표정을 굳힌 채 뒤돌아서서 무거운 발을 애써 움직였다.

"어! 너도 조심해!"

등 뒤에서 들려오는 평범한 목소리를 들으며, 그녀는 짧은 시간이었지만 지성이 있고 온순한 몬스터와 교감한 특별한 오늘을 평생 동안 잊지 못하리라 확신했다.

김유린과의 예상치 못한 만남, 그 일주일 뒤.

세진은 그녀가 선물해 준 검치로 일단 4개의 포션을 제조했다. 신체를 강맹하게 만들어주는 포션 하나와 치유와 재생의 효능이 있는 포션 세 개. 전자는 사냥용으로 남겨두고, 후자는 판매하기로 했다.

이제 동굴에서 사는 것도 어느 정도 질려가는 참이었고, 기력이 8까지 늘어 하루 80분 정도의 인간형이 가능했기에 강원도 근처의 집을 구매하려고 마음을 먹었기 때문이었다.

물론 강원도는 '몬스터 산업의 메카'라 불리는 만큼 땅값이

수도 서울 다음으로 비싸, 지금부터 뼈 빠지게 일해도 오래 걸리겠지만.

어찌 되었든, 세진은 약재의 쓴 내음과 화학품이 부글부글 끓어오르는 소리로 가득한 이곳 '연금술의 집'으로 왔다.

연금술사들이 제조한 포션의 심사와 등급 판정, 유통을 전담하는 이 '연금술의 집'은 각 시도마다 최대 세 개 정도만 존재하는 희귀한 기관이다.

그러나 이 연금술사의 집, 일명 '알케미하우스'는 몬스터와 밀접한 관련이 있었기에, 강원도에서 살고 있는 것이나 마찬가지인 세진은 어렵지 않게 찾아올 수 있었다.

"흠……."

연금술사들이 즐겨 입는다는 로브를 사 입고 후드까지 깊게 눌러쓴 세진의 겉모습은 그럴듯했으나, 주위를 두리번거리는 행동은 영락없는 초심자였다.

"혹시 제가 도와드릴 수 있는 일이 있으신가요?"

그리고 그런 그에게 직원이 다가와서 물었다.

"……제조한 물약을 판매하고자 하는데. 경험이나 전력이 없습니다. 그래도 가능한가요?"

"아, 네. 물론입니다. 따라오시겠어요?"

어느 나라의 어느 지역이건, 마법사보다도 개체수가 적은 연금술사는 귀한 인재 취급을 받는다. 그리고 초보처럼 보이긴 해도 세진의 모양새나 하는 말은 누가 봐도 연금술사였기에 남직원은 예의를 다하며 세진을 이끌었다.

근처 사무의자에 착석한 세진은 줄어드는 시간에 초조해하며 직원을 기다렸고, 곧 직원은 종이 하나를 들고서 그의 앞에 앉았다.

"자, 여기 신청서인데요. 포션의 효능과 이름을 적어 주시면 심사가 가능합니다. 심사 결과 부작용이 없고 효능이 확실하다고 판정되면 그 효능에 따라 포션의 등급이 정해지구요. 그때부터 판매가 시작됩니다."

연금술사들이 손수 제조하는 포션은 공급에 비해 수요가 극히 많다. 몬스터 상점에서 흔히 파는 싸구려 '응급 물약' 같은, 10등분된 마나석을 이용하여 대량 생산하는 조악한 물약과는 근본적인 성능에서부터 격이 다른 차이가 나기 때문이다.

그래서 이름난 연금술사가 제조한 포션은 매물이 나오기 아주 오래전부터 예약해야 구매할 수 있을 정도로 인기가 많다.

특이하게도 여기서 '이름'이란 연금술사의 이름이 아니라 '포션의 이름'을 일컫는다. 익명을 좋아하고, 얼굴을 드러내지 않는 걸 미덕으로 여기는 연금술사들이 자신의 능력을 뽐낼 수 있는 매개체는 '포션'밖에 없기 때문이다.

그렇기에 연금술사들은 포션의 이름을 고심하여 짓고, 그 포션을 발전시키기 위해 자신의 모든 역량과 일생을 쏟아붓는다.

물론 어느 정도 경지에 오른 일명 '네임드 연금술사'들은 암암리에 그 이름이 알려져 기업총수나 기사단장 같은 거물급들과 직접 거래를 한다고 하지만.

"익명을 원하시면 거기 익명에 체크해 주시면 됩니다."

세진은 천천히 신청서에 글자를 써내려갔다. 효능은……
치유와 재생.

한데 별안간 옆에서 그를 곁눈질하던 종업원이 흠칫 몸을 떨었다.

세진이 의아해하며 바라보자 그는 무안한 듯 뒷목을 긁적이며 변명했다.

"아…… 죄송합니다. 재생은 그리 흔치 않아서. 회복 재생 말하시는 거죠? 일단 그 '재생'이 맞으면 효력이 아주 조금이라도 대개 중하급 이상 판정은 받거든요. 거기다가 치유까지 있으니…… 하하하. 부작용만 없으면 상등급은 확정이겠는데요? 요즘 상등급 매물이 없어서 기사단이랑 병원에서 많이 걱정했었는데…… 다, 다행이네요."

세진은 그런 그를 바라보며 피식 웃었다. 부작용은 아마 없을 것이다.

약재와 검치 가루를 거의 나노그램 단위로 세심, 정확하게 배합한 엘리트 고블린의 손재주는 실로 완벽이란 단어조차도 부족할 정도였으니까.

"다 됐습니다."

"아, 감사합니다. 혹시 포션의 샘플은 있으십니까?"

세진이 신청서를 건네주자 종업원이 물어왔다.

"샘플이라기보단, 완제품이 있습니다."

그는 로브의 품에서 포션이 담긴 유리통을 꺼내 보였다. 유리통에서 비쳐 나오는, 포션의 찬연한 푸른 빛무리가 넓지 않은 범위에 아른거렸다.

"……."

그리고 그 순간 종업원은 말을 잃었다. 영롱한 자태를 바라보며 한참 동안 생각을 잊은 끝에 그가 할 수 있었던 유일한 반응은 침을 꼴깍 삼키는 것이었다.

치유와 재생, 이 두 가지 효능이 결합된 물약은 초보 연금술사는 결코 만들어낼 수 없다. 그러나 이 찬란한 빛을 발하는 푸르고 투명한 액체는 그 두 가지 효능이 결합된 게 확실하다. 굳이 심사를 하지 않아도 판정을 하지 않아도, 이건 '치유와 재생 그 자체의 포션'이다.

"……저 잠시만요."

그리고 이런 물건은 자신의 선에서 처리할 수 있는 물건이 아니었다. 치유 효능이 있는 포션은 다른 포션보다 훨씬 가치가 높다.

당연하게도 기사나 사냥꾼같이 몬스터와 부대끼며 살아가는 직종은 물론 평범한 일에 종사하는 민간인들도 필요로 하는 포션이기 때문이다.

"아뇨, 전 시간이 없습니다."

그러나 더 이상 지체할 시간이 없었기에, 세진은 먼저 자리에서 일어났다. 그에 종업원이 안절부절못하는 표정이 되어 그의 어깨를 붙잡아 의자에 다시금 착석하게 만들었다.

"자, 자, 자, 잠깐만 기다려 주세요. 잠깐만요! 지금 곧 책임자님······."

직원은 간절했다. 알케미하우스의 실상은 치열한 경쟁과 철저한 성과로 얼룩진 스트레스 집단이다.

전국에 있는 이십여 개의 알케미하우스는 보조금을 위해 서로 간에 피를 튀기며 성과 경쟁을 하는 관계.

그리고 그 성과는 어떤 포션이 어느 지역의 하우스에서 나왔느냐가 가장 중요하다. 만약 좋은 포션이 매물로 나왔을 경우, 기사단은 물론 포션을 필요로 하는 다른 여러 단체와의 기싸움에서 우위를 점할 수 있으니.

그래서 직원은 세진을 놓치지 않으려 필사적이었으나, 세진은 단호했다.

"심사를 위해서는 몇 방울 정도면 괜찮을 테니, 한 세 방울 정도만 흘려놓고 가겠습니다. 나중에 심사가 완료되면 다시 찾아오면 되잖습니까."

"아, 맞는 말이시긴 한데······ 저, 그러면 지장은, 지장은 찍으셨나요?"

익명을 신청한 연금술사는 '지장'으로 따로 관리된다. 그래서 연금술의 집에 근무하는 직원들은 연금술사의 이름이나 신상은 몰라도 그 사람이 어떤 포션을 제조했는지는 알 수 있다.

"네, 찍었습니다. 30437이라는 번호가 푸르게 퍼지더군요."

이 알케미하우스에서만 30437번째 신청서라는 뜻이다. 시중에 풀려 있는 포션의 종류는 채 1,000개도 안되니, 이 등급 심사 과정에서 얼마나 많은 연금술사가 좌절을 겪었는지는 구태여 말할 필요도 없었다.

"……네, 그럼 나중에 꼭 찾아와 주십시오! 꼭 저희에게로요!"

종업원은 허리를 숙이며 크게 소리쳤다. 내부가 울릴 정도였기에 주변 사람들이 그쪽을 힐끗 쳐다봤지만, 이미 이 바닥의 생리가 익숙한 그들에겐 그저 가벼운 행사 수준일 뿐이었다.

"아, 예. 혹시 샘플을 담을 시약병이 있으신가요?"

그의 말에 종업원이 부랴부랴 움직여 시약병을 가지고 왔고, 세진은 그 자그마한 병에 고작 세 방울 분량의 포션을 흘려넣고서 연금술의 집을 나섰다.

시내는 여러 소리로 가득했다. 오가는 많은 인파의 뒤엉킨 대화 소리를 비롯한 도시의 각종 소음. 어느새 산속의 고요에 익숙해진 세진은 그것들이 잘 적응이 되지가 않았다.

그러나 그 여러 소리 가운데서도, 특히 그의 귓가에 특별히 다가오는 음성이 하나 있었다.

－김유린 기사님, 바로 2주 뒤가 고위 기사 승급식인데…… 지금 심정이 어떠신가요?

전자기기 판매점에서 전시해 둔 팔찌형 홀로그램 TV에서 흘러나오는, 한 리포터가 김유린을 인터뷰하고 있는 장면이었다.

그러나 화면 속의 그녀는 그때 세진을 바라보던 눈빛, 얼굴과는 전혀 다른 차가움이었다.

－나쁘진 않아요.
－……예? 아, 하핫, 아하하하하. 그렇겠죠? 당연히……. 하하하. 나쁠 리는 없죠. 하하하!

무안할 정도로 짧은 대답을 리포터가 웃음으로 겨우 무마했다.

세진은 그걸 보며 피식 웃었다. 그는 그녀가 왜 저러는지 이유를 알고 있었다. 카메라 울렁증이라나 뭐라나.

－그, 그럼…… 다음 질문으로 넘어가죠. 아, 이번 김유린 기사님께서는 남자들이 뽑은 아름다운 기사 1위로 선정되셨

는데 기분은…….

리포터는 자신을 빤히 쳐다보는 유린의 맑은 눈빛에 제대로 말려들어 잠시 말문이 멎었다. 극히 평범한 눈길이었지만, 유린의 외모가 그것을 비범하게 만들었다.

−당연히 나쁘진 않으시겠죠? 아, 그게…… 그러니까…… 뭐였더라…….

가까스로 입을 연 리포터는 잠시 횡설수설했지만, 그러나 프로 정신을 발휘하여 금세 정신을 차리고 황급히 다른 질문을 건넸다.

−아, 맞다. 그러면 혹시 유린 씨는 이상형이 어떻게 되시나요? 아닌 게 아니라, 요즘 유명한 남성 기사분 대부분이 유린 씨를 이상형으로 꼽으셨거든요.
−……이상형이요?
−네, 네.

유린은 잠시 고민하다가, 피식 웃음을 터뜨렸다.
화면을 넘어 이 회색빛 길거리마저도 화사하게 물들이는 듯한, 짧지만 너무나도 아름다운 미소였다.

그에 리포터가 잠시 넋을 잃었고, 유린은 얼굴에 웃음기를 잃지 않은 채 대답했다.

─고블린 같은 남자가 좋아요.
─⋯⋯예? 그게 무슨⋯⋯.
─대신 지성이 있어야 하고, 선해야 해요. 그러니까 말하고, 착하고, 능력도 좋은 고블린인 거죠.
─아⋯⋯.

그녀의 비현실적인 말에, 리포터는 대충 '제 이상형은 없어요' 비슷한 뜻으로 받아들였다.

─그, 그렇군요. 예. 답변 감사합니다. 역시 최연소 고위 기사님답게 이상형도 특별하시군요.

그러나 세진은 아니었다. 그는 얼굴에 미소를 띠며 화면 속의 김유린을 한참 동안 바라보다가, 곧 발길을 돌려 상점 안으로 들어갔다.

"어서 오세요~"

"아, 예. 저 밖에 있는 팔찌형 TV, 얼마인가요? 아, 그것보다 산속 깊은 동굴에서도 터지나요?

알케미하우스의 직원들은 대개 연금의 길을 걷다 포기한 반(半)전문가들이지만, 책임자만큼은 제대로 된 연금술사여야만 한다.

적어도 세 개 이상의 포션을 베스트셀러로 등극시켜야 이 알케미하우스를 직접 차리거나, 스승의 후계로 눌러앉을 수 있을 정도다.

그리고 서른하나의 꽤 이른 나이로 책임자의 지위에 오른 연금술사, 다크엘프 '하젤린'은 오늘의 방문자가 놓고 간 포션의 샘플을 유심히 관찰하며 오묘한 표정을 지었다.

"……야, 이건 볼 필요도 없잖아. 판정 공정도 필요 없겠어. 최소 중상. 최대 상. 나도 이렇게 밝고 투명한 포션은 요 근래 들어 이게 처음이네. 근데 이걸 심사가 필요하다고 그냥 보내 버려?"

"죄송합니다. 면목이 없습니다……."

"아니, 뭐 일단 샘플까지 줬으면 우리랑 할 가능성이 높으니까 죄송할 것까지는 없고. 그래서 이름이 뭔데?"

"아 그게…… 조금 이상해요."

직원은 세진이 작성한 신청서를 읽으며 살짝 머뭇거렸으나, 곧 더듬더듬 거기에 적혀진 글자를 읊었다.

"고블린의 선의. 이게 이 포션의 이름이에요."

**3장
천부적인 사냥꾼**

평범한 오후.

여느 때처럼 몬스터 상점으로 재료를 판매하러 온 그에게, 별안간 공무원이 사냥꾼 등록증을 요구했다.

"여기, 새로 발급된 사냥꾼 등록증입니다."

공무원이 몇 번 뚝딱하더니 새로 만들어진 사냥꾼 등록증의 앞면에는 전과는 다른 단어가 하나 추가되어 있었다.

"'천부적인 사냥꾼'……? 뭡니까, 이게?"

세진이 고개를 갸웃하며 물었다.

"아, 그건 칭호라고 하는 건데……. 그냥 스펙이 되는 미사여구예요."

"예?"

"세진 씨가 사냥꾼 일을 시작하신 지 고작 첫 달 만에 23마리의 몬스터 사체를 들고 오셨잖아요? 그래서 조건에 충족이 되어 수식어가 하나 붙으신 거예요. 재능이 넘쳐 난다는 뜻의 '천부적'이라는 수식어가요. 굉장히 희귀하고 좋은 칭호예요. 사냥꾼 경력이 6개월이 넘어가면 부여받을 수 없고, 기사단에서는 '노련한', '관록 있는' 이런 것보다도 이 칭호를 더욱 선호하거든요."

공무원이 열과 성을 다해 설명했지만, 세진은 별다른 표정 변화 없이 고개를 끄덕였다. 하루에 고작 인간일 수 있는 시간이 80분밖에 안 되는 그에게는 별 쓸모가 있는 이야기가 아니었으니까.

"……감사합니다."

"아…… 저기!"

세진이 무심하게 돌아서자 별안간 공무원이 자리에서 벌떡 일어나 그의 소맷자락을 살짝 붙잡았다. 그가 고개를 돌려 의아하다는 듯 공무원을 바라보자 그녀는 수줍은 듯 두 볼을 붉히더니 종이 한 장을 불쑥 내밀었다.

"그…… 이거 한번 봐보세요!"

"……예?"

공무원이 영업을 해? 세진은 살짝 어이없었지만, 몸을 배배 꼬며 부끄러워하는 여자 공무원은 객관적으로도 귀엽다 하기에 충분했다.

남은 시간은…… 66분.

"뭔데요, 이게?"

그가 종이에 적힌 글자들을 읽어가며 물었다. '파백기사단 공채 사냥꾼 모집'이라는 글씨가 가장 위에 큼지막하게 적혔고 아래의 작은 글자는 기타 상세 사항인 듯했다.

"파백기사단이라고 저희 지방에 거점을 두고 있는 국립기사단인데, 사냥꾼을 뽑는다고 해서요. 물론 중급 이상만 지원 가능이긴 하지만…… 세진 씨의 칭호는 우대해 준다고 해요! 게다가 세진 씨는 경험 일수만 충족되시면 곧 중하급, 아니면 그 이상으로 승급하실 예정이니까요."

참고로 중하급 사냥꾼의 정의는, '동일 급수 셋이 모이면 하급 몬스터를 하나 사냥할 수 있는 사냥꾼'이다. 중하급 기사는 그 반대로 '혼자서 하급 몬스터를 동시에 셋 이상 처리할 수 있는 기사'이고.

그러니 지금 공무원에게 김세진이라는 존재는 조금, 아니, 꽤 많이 특별했다. 대부분의 사냥꾼은 적어도 3명 이상 단위로 조를 이루어 다니는데, 이 남자는 언제나 혼자 와서 혼자서 떠났으니.

"어때요. 한번 지원해 보시겠어요? 여기서, 지금 당장 지원이 가능하세요. 세진 씨는 지원만 하면 꼭 붙으실 거예요! 역대 '천부적'이라는 칭호가 붙었던 사냥꾼분들은 채 경력이 1년이 넘기도 전에 명문 기사단에 입단하셨으니까요. 그중에서는 아예 기사로 전환하신 분도 있어요!"

그녀는 약간 안달하며 세진의 소맷자락을 붙잡은 손에 힘을 주었다.

그는 곧바로 거절하려 했지만, 여공무원의 맑고 동그란 눈망울의 반짝임이 조금 아쉬웠다. 일평생 경험해 보지 못했던 적극적인 여자의 모습이었다.

세진은 역시 남자는 능력이구나 싶었다. 이렇게 귀여운 여자가, 그것도 공무원이나 되어놓고서 이만큼 적극적일 수 있다니…… 참 신비하면서도 괴로운 신세계가 아닌가. '몬스터'라는 특성이 아니었으면 누리지 못했을, 그러나 '몬스터'이기에 제대로 만끽할 수조차 없는…….

"……그런가요?"

세진이 입술을 씰룩거리며 애매한 미소를 지어 보이자 그녀는 생각대로 잘되어 가고 있다고 생각한 듯 헤실헤실 웃으며 말을 덧붙였다.

"네, 당연해요! 하핫. 근데 제가…… 그것과 관련해서 딱, 딱 하나만 부탁하고 싶은 게 있는데요…….."

그리고 그 순간, 미세하게나마 떠오르던 세진의 미소가 멎었다. 과거 어렸을 적 등쳐 먹히면서 강제적으로 길러졌던 직감이 경종을 울렸다. 다음을 듣지 말고, 어서 빨리 떠나라고.

"저…… 만약 지원하시게 되면, 추천인에 제 이름 김혜진…… 아앗, 잠깐만요! 잠깐만요! 세진 씨~!"

그녀가 말을 다 끝마치기도 전에 세진은 달리기에 가까운 수준의 경보로 몬스터 상점을 빠져나갔다.

그저 애물단지라고만 생각했던 고블린이 보물단지로 급변하고 나서, 사냥은 굉장히 수월해졌다. 단연 신체 강화 포션 덕분이었다.

도핑한 오크는 오크 전사와 맞먹는 힘을 냈다. 그러나 무기가 조악한 오크 전사에 반해 이쪽은 몬스터 상점에서 구매한 강철로 된 메이스를 들고 있으니, 전체적인 파괴력만큼은 오크 전사보다 더욱 강력하다 하겠다.

물론 도핑한 잿빛 늑대로도 비슷한 파괴력을 낼 수 있겠지만 잿빛 늑대의 각력은 제어가 힘들 정도로 대단한 쾌속이어서, 익숙해지기 전까지는 사냥은 주로 인간과 최대한 비슷한 오크폼으로 했다.

"그어어어어어――!"

그리고 지금, 임전의 포효는 본능이었다.

전투에 임할 때면 맹렬히 끓어오르는 투쟁심은 마치 자신이 전설 속의 군웅이라도 된 것 같은 황홀감을 선사했고, 그에 파생된 고양감은 도저히 소리를 내지르지 않고서는 참을 수 없을 정도였다.

"ㅡㅡㅡㅡ"

그러나 상대는 말이 없었다. 당연했다. 온몸이 백골인 놈은 리치에 의해 재조립된 시체나 다름없었으니.

콰아아앙ㅡ!

이빨이 나간 시미터와 강철의 메이스가 부딪혔다. 그 결과는 보지 않아도 자명했다.

굉연한 폭음과 충격파에 숲이 진동하고, 해골병의 두개골은 시미터와 함께 말 그대로 박살이 났다. 새하얀 뼛조각들이 허공으로 비산하는 속에서 오크는 늠름하게 서서 승리의 기쁨을 만끽했다.

[조건 완료: 경험치 충족]

▶ 특성의 레벨이 4가 되었습니다.

▶ 모든 능력치가 1 상승하고, 포밍 능력치가 상향 조정됩니다.

게다가 떠오르는 이 알림을 가만히 보고 있노라면 그 기쁨은 배가된다.

그러나 여운은 그리 길지 못했다.

수풀이 흔들리고 발이 땅에 자취를 남기는 바스락 소리. 근처에서 인기척이 느껴졌기 때문이다.

그리 가깝지는 않지만 그렇게 멀다고도 말할 수 없었기에, 그는 재빨리 인간의 형체를 취했다. 생존을 위해서였다.

사실 이 몬스터 필드에서 세진의 가장 큰 위협은 몬스터가 아니라 인간이었다. 하급 지대의 몬스터들은 트롤이 아닌 이상 고만고만한 데 반하여, '기사'라는 압도적인 존재는 그야말로 규격 외였기 때문이다.

 잘못해서 눈에 띄기라도 하면, 그대로 즉사.

 그래서 그는 항시 오감을 예민하게 유지했다. 다행히도 인간폼의 옷차림과 몬스터폼의 옷차림은 연동이 되지 않고 독립적이었기에 이런 임기응변이 가능했다.

 "⋯⋯사람이었네?"

 인간이 된 그가 태연한 척 해골병의 유해 속에서 나뒹구는 '최하급 마나석'을 집었을 때, 수풀을 헤집고서 사냥꾼 한 무리가 튀어나왔다. 4명으로 이루어진 그 무리는 세진의 옷차림을 낱낱이 살펴보다가 그가 손에 쥐고 있는 메이스를 발견하곤 급히 고개를 숙였다.

 "아, 안녕하십니까!"

 사냥꾼들은 마나와 친하지 못하고, 따라서 신체도 강력하지 않기 때문에 근접 무기를 사용하지 못한다.

 그들이 사냥할 때 사용하는 무기는 마나탄을 사용하는 총기류뿐. 그렇기에 지금 이 사냥꾼들은 세진을 기사라고 착각한 듯했다.

 방금 전 굉음도 들었으니 급수가 최소 하급은 되는 기사.

 "하하. 참 우연이네요. 몬스터 필드에서는 사람과 만나기가 힘든데……."

무리 중 리더로 보이는 남자 한 명이 능글맞은 미소를 지으며 세진에게로 다가왔다. 그러나 세진이 아무런 반응 없이 그저 바라보기만 하자 사냥꾼은 품속에서 명함을 하나 꺼내 건넸다.

"저희는 태릉기사단 소속 사냥 1팀입니다. 저는 중상급 사냥꾼 김지한이고, 얘들은…… 모르셔도 됩니다. 햇병아리들이니."

꽤 있어 보이는 명함에는 과연 '중상급'이라는 글자가 황금색 양각으로 새겨져 있었다. 아무래도, 기사단 소속 베테랑 사냥꾼이 싹수가 좋은 신입들을 가르치기 위하여 함께 시범 사냥을 나온 듯했다.

"그렇군요."

"네, 하하하! 얘네가 고작 2년 만에 중하급을 찍기는 했는데, 그래도 아직 병아리인 건 변함이 없어서요. 아. 혹시 실례가 안 된다면, 어느 기사단 소속이신지 여쭤봐도……?"

김지한이 은근한 목소리로 물어왔다. 기사와 인맥을 쌓으면 득이면 득이지, 실이 될 부분은 결코 없기 때문이었다.

물론, 세진이 기사였다면 말이다.

"……아, 뭔가 착각을 하고 계신 것 같으신데……. 저는 기사가 아닙니다."

그는 일단 명함을 품속으로 집어넣으며 말했다.

그러자 지한이 순간 얼굴을 묘하게 일그러뜨리며 고개를 갸우뚱했다. 이내 그런 그의 눈길이 사방에 흩뿌려진 해골병의 잔해로 향했다. 해골병을 혼자서 이렇게 개박살을 내놨으면서 기사가 아니라고?

"……그러면……."

"아, 저도 사냥꾼입니다. 반갑습니다. 등급은 하급입니다."

지한의 황당한 심정에도 불구하고 세진은 천연덕스럽게 웃으며 그에게 손을 건넸다. 얼떨결에 건넨 손을 잡았지만, 지한은 여전히 그의 말을 믿지 못하는 표정이었다.

"아. 근데…… 거짓말이시죠? 하하, 참 유머 감각이 뛰어나시네요. 원래…… 안 되거든요, 알죠? 하급 사냥꾼은 하급 지대에서 혼자서는 사냥을 못 해요. 하급이 혼자서 몬스터 잡을 수 있으면 기사를 하지 뭐 하러 사냥꾼을 합니까? 아하하하!"

"하하, 그런가요? 근데 진짭니다."

인간폼으로 있을 수 있는 시간은 방금 레벨업을 했기에 90분. 꽤 길긴 하지만, 그래도 아직은 모자라다. 세진은 재빨리 품에서 사냥꾼 등록증을 꺼내 지한에게 건넸다.

"어? 이거 진짜 사냥꾼 등록증…… 어?"

등록증을 앞뒤로 살펴보던 지한은 이내 엄청난 것을 발견하고서 눈과 입을 동시에 확대시켰다.

"천부적인……? 이거 설마……."

그는 잠시 말문을 잃은 채 앞에 있는 남자를 바라보았다.

천부적인. 사냥꾼 경력이 시작된 반년 안에, 한 달 동안 스무 마리 이상의 몬스터를 처치하면 부여받을 수 있는, 사냥꾼 한정 최고의 칭호 중 하나다.

이 칭호를 받은 사냥꾼들은 명문 기사단으로 스카우트가 됨은 물론, 아예 직종을 바꿔 '기사'가 된 경우도 심심찮게 존재한다.

등록증의 뒷면에는 실적이 적혀 있었는데, 과연 대단했다. 재능의 차이라고 할까. 고작 한 달 새에 23마리의 몬스터를, 게다가 '직접 해체'하여 판매.

너무 압도적이어서 자신보다 등급이 두 단계나 낮음에도 지한은 어떠한 말도 할 수 없었다.

"……어엇!"

그러나 등록증을 살피던 지한의 눈에 별안간 이채가 번뜩였다. 이유는, 그의 '소속'란이 공백이기 때문이었다.

보통 사냥꾼의 사냥은 두 가지로 나뉜다. 하나는 임시 파티를 꾸려서 하는 사냥이고, 다른 하나는 기사단 소속의 사냥꾼이 되어 김지한처럼 정해진 '팀' 단위로 하는 사냥.

하지만 그렇다고 무조건 전자는 후지고, 후자가 대단한 것은 아니었다. 충분히 기사단에 입단할 능력이 됨에도 단체 생활이나 규율이 싫어 전자로만 활동하는 사냥꾼도 심심찮게 있으니.

"소속이 없으십니까?!"

"……아 예, 그렇긴 한데 저는 혼자서 다닐 거라 어디 소속될 생각은 없어요."

세진은 단호했고, 지한은 그가 명백한 후자라 생각했다. 그러나 그는 곧 미소를 지으며 그에게 명함을 하나 더 건넸다.

이번에는, '태릉기사단' 자체의 명함이었다.

김지한은 그에게 '태릉기사단'의 명함을 건넸다.

"저는 말했다시피……."

"압니다. 하지만 생각은 언제 바뀔지 모르는 것 아니겠습니까? 계속 혼자로 지내는 건, 안 그래도 수명이 짧은 사냥꾼들한텐 좋지 않아요. 물론 그만한 장점이 있을지도 모릅니다. 그러나 무엇보다 '균열 탐색'에 참가하지 못한다는 게 너무 크다고 생각되시지 않습니까?"

지구에는 '균열'이라는 공간이 존재한다.

차원과 차원, 혹은 세계와 세계의 틈이라는 의미다.

균열의 내부는 몬스터가 가득한데, 이 몬스터들을 모두 처치해야만 균열이 소멸된다. 그리고 이 균열 하나를 소멸시키고서 얻는 순이익은 최소 10억, 최대 100억이다.

사냥꾼이든 기사든, 균열 탐사에 한번이라도 참여하면 명예와 명성은 물론 목돈까지도 쥘 수 있는 것이다.

"한 번만 생각해 보세요. 천부적인 사냥꾼은 기사와 함께 하면 더욱 빛납니다. 아, 맞다. 근데 그 메이스로 해골병을 부수신겁니까?"

지한이 아직까지도 이해가 되지 않는다는 투로 물었다. 하급 몬스터를 혼자 처치하는 건 보통의 인간이라면 불가능한 일이었기에.

"예, 이게 워낙 좋은 물건이기도 하지만⋯⋯. 몸이 튼튼한 건 저희 집안 내력입니다."

"그렇군요."

마나 활용력과 마나 친화력이라는 재능이 각각 두개로 엄격히 구분된 오늘날, '평범'이라는 상식은 여전히 그대로지만 '비범'의 한계는 끝이 없어져 버렸다.

마나 친화력이 좋아 특별한 교육 없이 호흡만으로 몸에 마나를 축적할 수 있는 사람들은 단지 시간이 흐르기만 해도 일반인과는 차원이 다른 '강골'이 된다.

그리고 그 강골은 사냥꾼 중에서도 드물지만 분명 존재한다. 친화력은 충분하지만 기사가 되기 위한 '마나 활용력'이 부족해, 기사가 아닌 사냥꾼으로 먹고사는 조금은 애매한 종자들.

물론 그 애매함조차도 평범한 일반인들은 부단히도 원하는 특별함이지만.

"생각은 한번 해보겠습니다. 그럼 저는 이만, 시간이 없어서."

고작 10분 남짓한 시간이었지만, 지금의 세진은 인간과 마주하는 것이 부담스러웠다.

"예, 혹시나 생각이 있으시면 먼저 저희에게 연락 주시면 감사하겠습니다. 저희 태릉기사단은 사냥꾼, 기사를 불문하고 대우가 좋기로 유명하니까요."

특성 레벨이 4에 다다른 잿빛 늑대의 크기는 늑대의 효율을 위해서인지 더 커지지는 않았지만, 그 위맹함만큼은 마치 대호의 그것을 방불케 했다. 아닌 게 아니라, 이제 늑대폼으로는 별다른 도핑 없이도 사냥이 몹시 쉬워졌다.

대부분의 하급 몬스터는 단 한 번의 기습이면 충분했다.

슬금슬금 수풀 속에 숨어 사냥감을 기다리다가 사거리에 들어오는 그 순간 잔상조차도 남지 않는 쾌속으로 쇄도하여 그 목을 단번에 물어뜯는다.

굳이 이런 전투스타일을 언어로 표현하자면, 일격 필살.

세진은 이번에 새로 얻은 스킬 '선풍의 질주'를 사용하여, 하루에 두 마리까지는 대단히 쉽게 사냥할 수 있었다.

그리고 오늘도 세진은 늑대폼으로 먹잇감을 찾으러 어슬렁거리고 있었다. 늑대의 예민한 후각은 과연 대단했다. 그러나 그 후각은, 진한 냄새는 근거리고 옅은 냄새는 원거리,

이런 추상적이고 모호한 느낌이 아니라.

[동남쪽 방면 680m. 인간 세 명.]

이런 시스템의 형식이었다. 이 시스템의 도움을 톡톡히 받아 세진은 요 3일간 무려 10마리가 넘는 몬스터를 사냥할 수 있었다.

'또 인간이야?'

하급 지대는 최하급에 비해 사냥 중인 인간의 수가 꽤나 많았기에, 이렇듯 인간과 마주치는 일이 잦았다. 불만스럽다는 듯 미간을 좁힌 늑대는 슬금슬금 자리를 피하기 시작했다.

"오늘은 일진이 좋네."

"……!"

그러나 수풀을 헤매는 세진의 귓가에 별안간 또 다른 사람의 목소리가 들려왔다. 아주 근방이었다. 어떠한 냄새도 없었기에, 세진은 당황하며 주위를 둘러보았다. 200m 남짓한 지척이다. 도망갈까? 생각도 해봤지만, 너무 위험했다.

결단을 내린 그는 재빨리 인간폼을 취했다.

"……사람이네."

다행히 타이밍 맞게 들키지 않을 수 있었다. 세진은 가슴을 쓸어내리고서 그쪽을 바라보았다.

특이하게도 두 명으로 이루어진 무리였다. 아무리 봐도 미성년자처럼 보이는 젊디젊은 여자와 이 풍경에 맞지 않는 정장을 입은 장신의 남자.

"안녕하세요."

여자는 홀로 있는 세진의 모습을 유심히 살펴보더니, 고개를 가볍게 꾸벅 숙이고서 이쪽으로 천천히 다가왔다.

"저는 하급 기사 유세정이라고 합니다."

목 주변까지만 내려오는 짧은 단발머리, 오뚝 솟은 콧대와 날카로운 눈매.

그녀는 분명 '소녀'의 축에 들어갈 것임이 분명한 앳된 얼굴이었지만, 도회적이고 세련된 이목구비가 그녀에게 성숙을 더하고 있었다.

"아, 예."

얼떨결에 그녀와 악수까지 한 세진은 다시금 자신의 판단이 옳았음을 확신했다. 기사라니, 몬스터폼으로 도망이라도 쳤으면 많이 피곤해질 뻔했다. 차라리 얼굴 한번 맞대고 헤어지는 것이 백번 낫지.

"그리고 이쪽은 하급 사냥꾼 윤도한."

"……안녕하십니까. 반갑습니다. 하급 사냥꾼 윤도한입니다."

남자가 고개를 숙이자, 세진은 살짝 얼빠진 표정을 지었다. 생김새나 옷차림을 봐서는 무슨 고위 기사처럼 생겨놓고 고작 하급 사냥꾼이라니…….

"사냥 중이셨던 건가요? 기척을 숨기는 기술이 뛰어나시네요. 별다른 장비도 하지 않으신 것 같은데."

유세정은 세진을 위아래로 훑어보며 나지막한 찬사를 보냈다.

사냥터에서 인맥을 쌓는 것은 중요하다는 평가를 받고 있었고, 유세정도 그것을 모르지는 않았다. 그러나 사냥터의 인맥은 그 대상이 인맥으로 삼아도 될 정도로 출중한 기량을 지닌 사람이어야 한다는 전제 조건이 있으니…….

세진은 알게 모르게 그녀의 시험에 합격한 것이었다.

"예, 사냥감을 잡을 때는 어떠한 흔적도 남겨서는 안 되니까요. 그쪽이 냄새를 지운 것처럼요."

"아…….."

세진이 그의 팔찌를 흘겨보며 말하자 여성은 낮은 탄성을 툭 내던졌다.

"눈썰미가 좋으시네요. 근데 저는 아직 그쪽이 누구인지 듣지 못했습니다만…….."

"아, 저는 김세진이라고 합니다. 하급 사냥꾼이죠."

그가 그렇게 말한 순간, 그녀가 흠칫 몸을 떨었다. 그러곤 고개를 갸웃하며 의아하다는 듯이, 방금보다는 다소 차가워진 목소리로 묻는다.

"……하급이 혼자 다녀도 괜찮은 건가요?"

"괜찮으니 여태 이러고 있죠."

처음에 보였던 흥미는 그의 대답에 완전히 사그라졌고, 세정은 퉁명스레 고개를 끄덕였다. 아무래도 그를 기사로 착각했던 듯했다.

"그래요, 뭐……. 그럼 알아서 잘하세요. 여태 해오시던 것처럼."

그녀는 코웃음을 한번 치고서 뒤로 돌아섰다. 그 냉정한 모습에 세진이 미간을 살짝 좁혔다. 도대체가 몇 살이길래 저렇게 삶을 이해타산적으로 사는 건지. 세진은 혀를 끌끌 차고서 그녀와 반대 방향으로 걸어갔다.

그러나 앞에서 아른거리는 알림창이 그 발걸음을 붙잡았다.

[동쪽 방면. 500m. 식탐(食貪)의 트롤]

"……오, 시발."

마치 나무의 표면처럼 흉측하게 갈라지고 주름진 낯짝과 다 성장했을 시 3m에 다다르는 거대한 육체를 지닌 몬스터. 그 비대한 몸집과는 모순되게 그 움직임도 굉장히 기민.

절로 욕설이 뇌까려질 몬스터, '트롤'이다.

물론 하급 지대에 서식하는 트롤은 다른 지대의 트롤보다는 분명히 약하다. 그러나 앞에 붙은 '식탐'이라는 단어가 문제였다.

트롤이라는 족속은 특이하게도, 대개 같은 종족이라면 비슷하게 띄는 보편적인 행동이나 습관이 드물다. 그래서 트롤은 몬스터학자들이 연구하기 가장 좋아하는 몬스터이고, '개성'이 있는 유일한 몬스터라고 불린다.

그리고 그중 '식탐'이라는 개성은 가장 드물고 또 심각한 것이었다. 식탐, 말 그대로 음식을 탐낸다. 그러나 다른 점은, 이 개성이 붙은 트롤은 몬스터를 소화하면 할수록 강해진다는 것이다.

게다가 이 식탐의 트롤이 지닌 강함은 특히 지금 이곳, 하급 지대에서 배가된다. 하급 지대에서만큼은 만인지상의 독보적 몬스터인 트롤은 아무런 방해나 위협 없이 성장이 가능하니, 그 강함은 성장세에 따라 최대 중급 이상의 몬스터와도 맞먹을 수 있다.

"……잠깐!"

머뭇거리며 고민하던 세진은 결국 빠르게 달려, 제 발로 사지를 향해 걷는 유세정의 어깨를 붙잡았다. 태도가 어찌 됐든 재앙에 가까운 수준의 위험은 알리는 게 옳으니.

"……깜짝, 뭐야!"

그러나 그런 상황도 모른 채 별안간 어깨를 붙잡힌 세정은 신경질적으로 그의 손을 쳐 냈다.

"뭐하는 겁니까!"

옆에 있던 남자도 거들었다.

솔직히 키는 크지만, 방금 하급 사냥꾼이라는 말을 들었던 터라 이 남자는 별로 무섭지는 않았다. 그리고 이 남자도 과연 자신의 분수를 알고 있는지, 세진이 뚫어져라 자신을 노려보자 헛기침을 내뱉으며 세정의 뒤로 숨어들었다.

"당신, 지금 무슨……."

"앞에 몬스터가 있으니까, 도망쳐야 합니다."

세진의 다급한 표정과 말에도, 세정은 그를 차갑게 응시하다가 코웃음을 칠뿐이었다.

"풋. 하급 몬스터 따위를 앞에 두고 도망가는 행위는 당신 같은 사냥꾼들이나……."

그러나 명백한 적대를 표출하는 그녀의 말은 끝까지 이어지지 못했다.

―그으으으으으…….

그것이 내는 소리는 일견 야수가 으르렁대는 것과 흡사했다.

어느새 지척까지 다가온 3m에 달하는 거대한 키와 유황불에 용융된 듯한 흉측한 얼굴. 하나의 거대한 기암괴석이나 다름이 없는 이 트롤은, 우연히 찾아낸 먹잇감들을 위압적인 눈빛으로 굽어보았다.

놈의 패도적인 면모에 압도된 세진의 눈동자가 경악과 공포로 물들어 갔고, 그에 세정은 천천히, 아주 서서히 고개를 돌려 자신의 등 뒤를 바라보았다.

"……아, 시발."

드디어 그 패악의 형체가 망막에 비치자, 그녀는 세진과 비슷한 반응을 보였다. 그 욕설에 퍼뜩 정신을 차린 세진은 이제야 청소년답네, 따위의 가벼운 생각을 했다.

"……도한 오빠? 도한 오빠!"

"어, 어! 아, 알겠어!"

그녀는 허리에 매인 검을 꺼내 들고서 넋이 나간 윤도한의 이름을 불렀다. 그러자 도한은 별안간 달려 나갈 자세를 취했다.

"……하급 지대인데?"

하급 지대와 상주 기사가 머무는 군부대 간의 거리는 상당히 멀다. 설마 그 거리를 달려갈 생각인가.

"당신 같은 사냥꾼과는 다르니 걱정하지 않아도 돼요. 그리고 그쪽도, 방해되니까 좀 비켜 있어요."

젊은이의 패기인지 아니면 만용인지. 세정은 트롤과 단독으로 맞서겠다는 각오로 검을 치켜세웠다. 그리고 그와 동시에.

타아아앙—

윤도한의 신형이 음속에 가까운 수준으로 사라졌다.

세진은 굳이 묻지 않아도 알 수 있었다. 저런 움직임은 '특성'이 아니고서는 설명할 길이 없으니.

–그으으으……!

도한이 사라지고, 먹잇감이 하나 사라진 것에 분개한 트롤이 좀 더 거칠게 으르렁거렸다.

"후……."

한 번의 심호흡. 유세정이 정신을 집중하자 움켜쥔 명검에 푸른 마나가 서렸다. 기사의 가장 대표적인 마나 활용법, '마나검기'였다.

'저거 가지고는 안 될 텐데…….'

저걸로는 부족하다. 게다가 검을 쥔 그녀의 고사리 같은 손이 미세하게 떨리고 있었다. 이미 전투 시작도 전에 두려움을 느끼고 있다는 반증이었고, 그것은 곧 패배로 이어질 터.

그러나 도와주고 싶어도 지금은 무기가 없으니 불가능하다. 원래 늑대폼으로 사냥하려는 계획이었기에 강철 메이스는 동굴 한구석에 고이 잠들어 계신다.

'도망치자.'

어쩔 수 없이, 세진이 그렇게 마음먹은 순간.

[조건 완료: 압도적인 몬스터와의 만남]

-승산이 보이지 않는 적과 마주했습니다. 모든 능력치가 1만큼 상승합니다.

-이제 오크가 아닌 오크 전사로 포밍이 가능합니다. 포밍 능력치가 상향 조정됩니다.

-스킬 '역전의 전사'을 사용할 수 있습니다.

▶액티브 스킬 '역전(逆轉)의 전사' [숙련 등급: F]

-모든 몬스터폼일 때 사용 가능.

-5분 동안 근력이 200%, 내구가 100% 상승하고, 통증에 무뎌집니다.(인간형일 경우에는 1분 동안)

-이 스킬은 인간형일 때는 오크 전사의 스텟을 기준으로 적용됩니다.

-근력과 내구의 수치에 따라 24시간에 동안 (1)번 사용할 수 있습니다.

다시금 진화의 알림창이 떠올랐다.

동시다발적으로 떠오르는 알림창에 세진의 눈알이 데굴데굴 굴렀다.

언뜻 살펴보니 모두 만족스런 문장들뿐. 그러나 뜻밖의 진화에 환호의 탄성이라도 지르기에는 너무 곤혹스러운 타이밍이었다.

'……스킬이 괜찮네.'

일단 오크 전사로 진화했다는 알림보다는 '역전의 전사'라는 스킬에 먼저 눈길이 갔다.

인간형일 때도 사용이 가능하니 상당히 좋은 스킬이다. 과연 이름답게 변수를 만들기에 좋은 스킬이다. 그러니까……지금 같은 상황을 비틀 수 있는 변수.

'쟤를 어떻게 해야 되냐, 진짜.'

그가 복잡한 시선으로 유세정을 바라보았다.

호기롭게 트롤과 마주했지만, 그녀도 사실 명백한 만용임을 알고 있을 터였다. 비뚤어진 입가에서 침이 줄줄 흘러내리는 저 모습은 누가 보더라도 식탐의 트롤이었으니.

게다가 몸의 크기와 전해지는 압박감의 강도를 따졌을 때, 저건 최소 중하급 이상이다. 하급 기사는 하급 몬스터를 혼자서 처치할 수 있는 기사다. 언뜻 보기에도 어린 나이에 하급 기사가 된 건 자랑해 마땅할 재능이지만, 아무리 그래도 중하급은 대단한 무리다.

"……하아."

세진이 한숨을 내쉬었다. 방금 뛰쳐나간 남자의 속도라면 1분 내외로 기사단에 도달할 수 있겠지. 그러나 군부대의 상주 기사가 여기까지 오는 데 걸리는 시간이…….

콰아아아앙–

깊은 생각은 사치였다. 어느새 세정의 검과 트롤의 주먹이 맞부딪쳤고, 폭음과 함께 유별난 충격파가 발생해 대지를 진동했다. 그녀는 일합에 나가떨어지는 것만큼은 겨우겨우 면했지만, 그 이상은 불가능이었다.

부우우웅–

여유롭고 도도했던 불과 5분 전과는 전혀 다른, 파리하게 질린 안색. 그러나 트롤에게 자비 따윈 없었다.

그녀의 머리 위로 트롤의 거대한 주먹이 짙은 그림자를 드리우며 쏟아져 내렸다.

세진은 어금니를 꽉 깨물었다. 그러나 휘발적인 감정으로 저놈에게 달려들기에는, 너무 두려웠다. 타오르는 화마 속으로 전진해야 하는 소방관의 심정이 이러할까.

투쾅-!

그가 고민하는 사이에도 세정의 몸이 트롤의 주먹에 의해 야구공처럼 튕겨져 나갔다. 그녀가 쥐고 있던 명검은 파편의 형태로 분해되었고, 입고 있던 외투형 갑옷은 흉측하게 어그러져 그 효력을 상실했다.

쿵, 쿵-

트롤은 거대한 진동을 울리며 전진했다. 그렇게 쓰러진 세정의 지척에 닿자 놈은 거대한 손을 치켜세웠다.

'……뭐야?'

그 광경을 오롯이 바라보며, 세정은 차마 눈을 감을 생각조차도 하지 못했다.

그저 현실성이 없었다. 지금의 이 모든 상황이, 차마 신음도 내지르지 못할 정도로 극악무도한 이 고통이 모두 꿈결만 같았다. 당장에라도 도망치고 싶은 지독한 악몽. 어서 빨리 잠에서 깨어나야 하건만…….

트롤의 손이 서서히 가라앉았다.

시간이 늘어지는 듯한 착각이 일었다. 머릿속이 하나도 남김없이 하얗게 명멸하던 바로 그때.

쾅!

온 사위에 질풍을 휘몰아치며 등장한 한 남자가 그 트롤을 막아 세웠다.

오직 맨몸, 두 팔과 두 다리로. 기이하게도 '마나'의 기운 따윈 느껴지지 않았다. 이 남자는, 오직 '신체'의 힘만으로 트롤을 멈춘 것이었다.

트롤의 중압에 의해 입고 있던 옷이 찢겨 나가고, 딛고 있는 노면이 깊게 패여감에도 그는 무너지지 않았다. 굳건히 서서 트롤과 대항하고 있었다.

세정은 멍하니 그 말도 안 되는 광경을 바라보았다. 상식의 궤를 달리하는 너무나도 비현실적인 광경이었다. 꿈보다 더 꿈같았고, 그래서 그녀는 지금 현재가 현실임을 가까스로 인지할 수 있었다.

"……가!"

멍하니 있는 세정에게 남자가 다급히 소리쳤다. 그러나 아까의 충격 때문인지 귀에 이명이 끼어 잘 들리지 않았다. 그녀는 머리통을 몇 번 흔들고 나서야 가까스로 그의 음성을 들을 수 있었다.

"도망가라고, 이 병신아!"

세진은 죽을 맛이었다. 이 빌어먹을 트롤이 선사하는 무게감은 차원이 달랐다. 뼈가 통째로 무너져 내리는 것 같은 흉악한 고통.

그러나 견뎌낼 수밖에 없었다. 이렇게 애써서 시간을 벌어 주고 있는데도, 아직까지도 멍하니 이쪽을 구경만 하고 있는 여자 때문에.

"......!"

욕설을 섞으니, 그제야 알아먹었는지 다리를 절뚝이며 부랴부랴 도망친다. 세진은 그녀가 완전히 피신하고 나서야 몸을 굴렸다.

퍼어어엉!

굉음이 울리고, 방금까지 그가 서 있던 대지에 놈의 손바닥만 한 흉터가 커다랗게 새겨졌다.

─그으으으으......!

갑작스런 방해물의 출현에 제대로 화가 났는지 놈은 콧김을 씩씩 뱉어대며 이쪽을 노려보았다.

그와 동시에 온몸의 힘이 쭉 빠졌다. 아, 일 분은 참 짧은 시간이구나.

그러나 지속 시간이 지났음에도 고통은 없었다.

아무래도, 이미 두 팔의 뼈는 물론 신경까지 손상되어 버린 듯했다. 두 팔이 싹둑 잘린 것처럼 감각이 아예 없으니.

─아가씨!

─저 개새끼가! 야! 멈춰!

하지만 정말 천만다행으로, 저 멀리서 몹시 호쾌하고 묵직한 음성이 울렸다. 그 기백 넘치는 사자후에 트롤이 당황한 듯한 기색으로 고개를 돌렸다.

"이노옴!"

수풀을 헤치고, 마치 탄환처럼 튀어나온 대머리는 푸른 검광이 번뜩이는 보검으로 허공을 베었다. 그러자 대기마저 찢어발길 반월의 검격이 트롤을 향해 쏘아졌다.

피할 여지조차 존재치 않을 초음속의 검격은 그대로 트롤의 몸을 관통했고, 놈은 아무런 반항도 하지 못한 채 이등분이 되어 허무히 쓰러졌다.

"세정아, 괜찮냐!"

세진이 그간 겪었던 고초가 무색해질 만큼 쉽게 트롤을 처치한 기사는 다리는 물론 온몸이 분질러진 채 바닥에 나자빠져 있는 유세정에게로 달려갔다.

"세정아! 아이고! 이 예쁜 얼굴이 어쩌다……."

남자가 안달하며 세정의 몸을 껴안았다.

'……몸이 안 움직여.'

그러자 별안간 세정이 쿨럭이며 피를 토해냈다.

"흐어억! 이게 뭐야! 세정아! 세정아~!"

남자가 붉으락푸르락한 얼굴로 눈물을 흘리며 안달했지만, 그러나 세정의 관심은 온통 다른 곳에 집중되어 있었기에 그저 귀찮기만 했다.

어느새 잔뜩 부은 얼굴로는 눈을 뜨는 것조차 힘들었다. 그러나 그녀는 기어코 눈꺼풀을 들어 올려, 한 남자를 바라보았다.

옷은 모두 넝마가 되어 찢겨졌고, 그 틈새로 탄탄하고 다부진 근육이 조각처럼 새겨져 있다. 축 늘어진 두 팔은 보랏빛을 넘어 흑색으로 물들고, 다리는 당장에라도 무너질 듯 후들후들 떨린다.

자신을 구해준, 그러나 이름은 모르는 남자. 분명 알려줬던 것 같은데…… 그새 까먹었다. 괜히 이런 자신이 한심스러웠다. 기억 좀 해둘걸.

그때, 갑자기 남자가 이쪽을 힐끗 한번 바라보고서 어딘가로 걸음을 움직이기 시작했다.

당장에라도 무너질 것 같은 위태한 걸음에, 세정은 손을 건네고 싶었다. 그러나 몸이 움직이지 않았다. 잠시만 기다려 달라고 말하고 싶었다. 하지만 입안의 감각이 모두 마비가 된 듯했다.

"……."

그래서 지금 그녀가 할 수 있는 것이라고는, 서서히 감기는 눈꺼풀의 틈으로 보이는 그의 뒷모습을 기억에 새기는 일뿐이었다.

당장에라도 기절할 것 같았지만 참아내고서 몸을 움직이고 움직였다. 피투성이가 되어 질척한 몸이 거슬려 인적이 드물어진 그 즉시 늑대폼으로 전환했다.

그러나 육체의 부상과 정신의 몽롱함은 그대로였다. 그럼에도 멀쩡한 두 발로 필사적인 뜀박질을 계속했다. '몬스터 필드'에서 기절은 곧 죽음을 의미하기에.

경황도 없이 달려서 기어코 안식처에 도착했다. 인간폼으로 변해 제조해 두었던 포션을 마셨다. 팔이 움직이지 않아 입으로 뚜껑을 따야 하는 번거로움이 있었지만, 다행히 부상은 순식간에 회복되었다.

그러나 의식은 여전히 몽롱하고 또 나른했다. 아무래도 스킬의 부작용인 듯싶었다. 그렇게 세진은 그대로 바닥에 누워 깊은 잠에 빠졌다.

한국 최고의 기사단은 명실상부 칠흑 기사단이지만, 기사단을 국립과 사립의 두 분류로 나누면 그 이야기는 미세하게 달라진다. 물론 기사단의 정점이 칠흑 기사단인 것은 변함이 없다. 그러나 '사립' 기사단만을 따질 경우에는 조금 복잡하다.

2강 9중 12약이라고 할까.

수많은 기사단이 서로 간에 경쟁을 한다.

그리고 그 2강 중 하나인 '새벽 기사단'은 세계 굴지의 대기업 '새벽달'이 오너로 있는 기사단이다.

처음에는 후발 주자로 시작해 그저 돈만 많은 졸부 기사단이라는 평가가 주를 이뤘지만, 그 압도적인 재력으로 발전에 발전을 거듭해 현재의 평판은 반전을 넘어 개벽의 수준이었다.

요즈음 최고의 명문 기사단이 어느 곳이냐 하면 칠흑과 고려, 그리고 새벽 기사단이 함께 꼽힐 정도로. 게다가 그중 금전적 대우만큼은 새벽이 단연 압도적이다.

"현오 삼촌 탓 아니니까, 그만 미안해해. 다 내가 잘못한 건데……."

그리고 유세정은 세계에서도 수위를 다투는 대기업인 새벽달 총수의 손녀이자, 새벽 기사단 단장의 딸이다. 매스컴에서도 유명한 상급 기사 박현오를 이렇게 쩔쩔매게 만들 정도로, 태어날 때부터 반물질 수저를 물고 태어난 어마어마한 아이.

"……아, 아니다. 그래도 내가 더 근처에서 기다리고 있었어야 했는데……."

그 압도적인 배경은 물론 재능까지 완벽한 그녀는 고작 만 17세 45일의 나이로 국가로부터 하급 기사 서한을 받았다. 이는 만 17세 6일의 나이로 하급 기사 서한을 받은 김유린과 고작 한 달 남짓한 차이이며, 그만큼 그녀는 또래 중에서는 비교할 자가 없는 압도적인 재능이었다.

"자책은 이제 됐고, 알아봐 달라고 한 건 알아봤겠지?"

"······어? 아, 그거?"

고작 이틀 전에 의식을 되찾은 세정은 깨어나자마자 그때 그 남자의 신원부터 물어왔다. 오직 세정에게만 모든 관심이 팔렸던 현오는 기억조차 못 하는 남자, 그러나 세정은 그 남자가 자신을 구해주었다고 말했다.

"······설마 여태 손 놓고 있었던 건 아니겠지."

현오가 애매모호한 태도를 보이자 세정의 눈빛이 서늘하게 번뜩였다.

"아, 아니야! 솔직히 처음에는 나도 의아했지. 네가 허상이라도 본 줄 알고······ 고작 하급 사냥꾼이 트롤을 멈추는 건 불가능하니까. 근데······."

잠시 말을 멈춘 그는 품속을 뒤적거리더니 구리색 등록증을 하나 꺼냈다.

"진짜 있더라고. 나도 깜짝 놀랐다. 찢겨진 옷 조각 사이에서 발견한 거야."

현재 반신불수로 몸의 거동이 불편한 세정을 위해, 현오는 등록증을 그녀의 눈앞으로 들이밀었다.

"천부적인 사냥꾼, 김세진······. 잠깐, '천부적인'?"

"어, 그렇더라. '천부적인'은 나도 진짜 오랜만에 보는 칭호인데, 왠지 이거 보니까 그럴 만하겠더라고. 왜 이 칭호 달고 있는 놈들은 하나같이 다 정상이 아니었잖냐."

"······찾을 수 있겠지?"

"그럼. 벌써부터 수색 들어갔어. 당장 내일이면 떡하니 데려올 테니까……. 아, 근데 너 혹시……."

별안간 현오가 눈을 가늘게 좁히고서 그녀를 노려보았다.

세정이 나이에 맞지 않게 성숙하다 하지만, 그래도 아직은 엄연한 미성년자다. 낭랑 18세라는 말처럼 아직 쓸데없는 낭만과 환상이 가득할 터. 그러니 혹시 이런 긴박한 위험에 자기를 구해준 남자에게 호의 그 이상을 품는다거나 할 수도…….

"풋. 그런 거 절대 아냐. 나, 애 아니야. 그냥…… 할아버지께서도 항상 말씀하셨잖아. '은혜는 가능한 빨리 갚고, 원한은 가능한 서서히 갚아라.' 나는 그 말씀을 깊게 새겨뒀을 뿐이야."

전혀 아니라는 듯 미소를 지은 세정은 문득 생각났다는 듯 눈썹을 치켜세우며 말을 이었다.

"근데 그건 그렇고, 나 치료는 가능한 거야? 언뜻 들었는데 꽤 심각하다면서."

순간 현오가 몸을 흠칫 떨었다.

"자고 있는 줄 알았는데, 다 듣고 있었구나?"

"응, 엄청 심각하다면서."

고작 10여 년 전만 해도 반신불수는 대단히 고통스러운 난치 질환이었지만, 지금은 아니다. 연금술의 개발과 발전으로 인하여, '포션' 하나면 쉽게 나을 수 있으니.

그러나 지금 그녀의 상태는 반신불수 중에서도 꽤나 심각한 수준이었기에, 적어도 중상등급 이상의 꽤 좋은 포션을 필요로 할 것 같았다.

"근데 걱정은 안 해도 될 것 같아. 강원도 쪽 알케미하우스에서 중상등급 이상 재생·회복 포션이 들어왔다는 소식이 있거든. 강원도 쪽의 성능은 언제나 확실하고, 회장님께서 뒷돈 두둑이 얹어 주셨으니까 물건 들어오는 대로 바로 구할 수 있을 거야."

"……그래? 잘됐네."

세정이 별다른 표정변화 없이 고개를 끄덕였다.

"근데 포션 이름은 뭔데? 동해 쪽 공방에서 나온 물건인가? 근데 그쪽 분명 파업한다고 들었는데……. 파업 멈췄어?"

"아니, 여전히 현재 진행 중. 새로운 거야. 낯설 정도로 새로워. 아예 새로운 인물이 매우 뜬금없이 튀어나와서 엄청난 물품을 내놓고 갔대. 그쪽 직원이 아주 귀재 납셨다고 난리 블루스를 떨더라."

"그래, 그러니까 이름이 뭐냐고."

"아, 이게…… 이름이 약간 신뢰가 안 가는 이름이긴 한데……."

현오는 대답하지 못하고 몇 번이나 머뭇거렸지만, 답답해하는 세정의 날이 선 눈빛에 결국 더듬더듬 말을 이어갔다.

"나도 몇 번이나 되물었는데……. '고블린의 선의' 이게 포션의 이름이래."

4장
연금술의 귀재

"고블린의 선의? 무슨 이름이 그래."

세정이 미간은 살짝 좁히며 말했다. 도저히 신뢰를 하려야 할 수 없는 이름이 아닌가.

"그렇지?"

신뢰도가 생명인 포션은 보통 등급과 효능에 맞게 네이밍이 된다. 요새 인지도로나 신뢰도로나 가장 유명한 '드렌트' 시리즈의 포션을 예를 들자면, 자상이나 찰과상 같은 가벼운 외상만 치유가 가능한 하급 회복 포션은 '드렌트의 응급약'이지만 질병까지도 치유가 가능한 중상급 치유 포션은 '드렌트의 기적'이라는 이름이 붙어 있다.

참고로 여기서 드렌트는 잎사귀 하나만으로 약을 만들어

죽은 사람을 살려냈다는 엘프의 전설 속 '생명의 나무'를 가리킨다.

그러나 신뢰와 고블린 사이에는 도저히 이어질 수 없는 간극이 존재한다. 오히려 그 사이에 불신과 증오가 존재한다고 하면 백번 옳다고 할 정도로. 근데 포션의 이름을 고블린으로 붙이다니…….

"나도 처음엔 그렇게 생각했는데, 설명을 좀 들으니까 그럴싸하더라고. 왜, 고블린이 포션 만드는 능력 하나만큼은 죽여 주잖냐. 그거 하나만 노리고 독극물이랑 독향이 그득한 약재 고블린 부락을 털려는 정신 나간 놈들도 있을 지경이니까. 게다가 이미 네이밍 시리즈 등록까지 다 했대. 이 포션을 많이 기대하고 있나 봐."

네이밍 시리즈는 일종의 이름 특허권을 말한다.

자신을 밝히는 경우가 드문 연금술의 세계에서 포션의 신뢰도와 효능은 굉장히 중요하다. 다른 연금술사가 자신의 포션에 비슷한 이름을 지어버리면 구매자에겐 혼동을 주고, 제조자에겐 불신이라는 타격을 입힐 수 있기에, 연금술의 세계에서는 꼭 지켜야 하는 법률 중 하나다.

"그래? 진짜 효과는 확실한 거겠지?"

"당연하지. 설마 우리 회장님이랑 단장님이 미심쩍은 걸 구하겠어? 그……."

말을 하려다 멈추고, 살짝 주변의 눈치를 살핀 현오는 별안간 그녀의 귀에 얼굴을 가져다 대고 속삭이듯 말했다.

"책임자 다크엘프 하젤린이 확답을 준 거니까, 걱정 안 해도 돼."

굳이 VIP 전용 1인실인 이곳에서 귓속말을 할 이유 따윈 없었지만, 예우의 차원이었다.

연금술사들이 자신의 정체를 드러내지 않는 걸 미덕으로 삼는 이유는 현 연금술사의 절반 가까이가 '다크엘프'라는 종족이기 때문이다. 자신의 모습을 드러내는 것을 극히 꺼려하여 항상 온몸에 두꺼운 로브를 두르는 종족.

일단 엘프라는 단어가 붙어 있기에 대부분의 사람은 다크엘프가 분명 아름다울 것이라 확신하지만, 그들은 밝고 사람이 많은 공간을 광적일 정도로 싫어하기에 그들의 모습을 직접 눈으로 본 사람도 드물뿐더러 기록으로 남은 것은 아예 없다.

이전 인터넷에 사진이 올라간 다크엘프가 그 최초 유포자를 찾아서 죽였다는 소문까지 공공연한 사실처럼 퍼져 있는 실정이니까.

"하젤린, 그분이? 그럼 괜찮겠네. 그래서 물건은 구체적으로 언제쯤 들어온대?"

"어? 그렇게 오래 걸리지는 않는다고 했는데……. 잠깐, 나가서 다시 물어보고 올게."

"조금만 기다려 주세요. 곧…… 오실 겁니다?"

―……하젤, 아니, 책임자님. 마지막 말꼬리는 뭡니까? 묘하게 의문형인 것 같은데요.

"……착각이에요."

―후우, 책임자님. 저희 아가씨께서는 만 17세의 어린 기사이십니다. 한창 훈련하고 또 뛰어놀아야 할 나이이신데 지금 병상에 누워 아무것도…….

"아! 알았다고요. 그러니까 조금만 기다리라니까요!"

다크엘프, 하젤린은 신경질적으로 전화를 끊고서 핸드폰을 책상 위로 내던졌다. 그러곤 씩씩거리며 눈을 꼭 감고 관자놀이를 짓누르는 것이, 빈말로도 기분이 좋다 말할 수 없는 얼굴이었다.

"아잇…… 도대체 언제 오는 거니? 분명 완제품 있다고 하지 않았어?"

눈을 치켜뜬 그녀의 뾰족한 눈빛이 근처에서 대기하고 있던 직원에게로 향했다. 안 그래도 잔뜩 긴장하고 있던 직원은 땀을 흘리며 더듬더듬 입을 열었다.

"아 그게 저도 잘…… 근데 완제품이 무려 3개나 있으시다고 말하시긴 했는데…… 적혀진 연락처로 전화를 해도 받으시질 않으시고……."

"하. 아이 씨, 진짜 짜증 나네! 아니, 이 인간 놈들은 포션이 하루아침이면 뚝딱 만들어지는 줄 안다니까?! 그 새끼들이 만날 이 지랄하니까 연금술사들이 지쳐서 포션 가뭄 현상이 나타난 거 아냐! 근데 이 빌어먹을 연놈들은 반성은커녕…… 아오, 이런 썅!"

결국 노기가 정수리 끝까지 치밀어 오른 그녀가 양껏 움켜쥔 주먹으로 책상을 내려쳤다.

퉁—

그 분노의 격렬한 정도와는 다르게 조금은 앙증맞은 소리가 울려 퍼지고, 그와 동시에 책임자실의 문이 벌컥 열렸다.

"오, 오셨습니다, 책임자님! 그때 그 연금술사님께서 오셨어요!"

갑작스러운 직원의 외침에, 하젤린은 눈이 휘둥그레진 채 몸을 벌떡 일으켰다.

연금술사의 종류는 두 가지다. 첫째는 흔히들 알고 있는 '연금'과 '연성'을 주 업무로 삼는 자들이고, 둘째는 '포션'이라는 신비한 액체에 평생을 매달리는 자들이다. 일부 엄격한 전문가들은 이 둘을 전자는 '연금술', 후자는 '연단술'이라 구분하기도 한다.

그러나 그들은 그저 주력으로 삼는 기술이 다를 뿐이지, 아주 동일한 습성을 가지고 있다. 그런 그들의 공통적인 습성 중 가장 널리 알려진 것은 바로 암흑을 좋아한다는 것이다.

"……커피는 입맛에 맞으신가요?"

음침하지는 않지만 햇볕 하나 비치지 않는 어두운 방 안에서 오직 하젤린의 미소만이 환하게 빛이 났다.

"예."

세진은 최대한 태연히 찻잔을 내려놓았지만 도저히 앞에 있는 엘프의 얼굴을 쳐다보기는 힘들었다. 과연 '미의 종족' 엘프라는 말이 걸맞은 극상의 미였기에.

다크엘프라는 이름에 어울리지 않은 빛이 날 정도로 새하얀 피부. 남색의 장발과 절절한 조화를 이루는 오밀조밀한 이목구비는 아름답다는 형용사도 터무니없이 부족할 정도였다.

"그럼 제 소개도 다 마쳤겠다. 바로 본론으로 들어가도 될까요, 연금술사님?"

앞에 있는 다크엘프, 하젤린은 이례적으로 자신의 본명과 종족, 그리고 얼굴까지 세진에게 모두 공개했다.

그 소문과는 전혀 다른 개방된 모습에 세진은 처음에 이 여자가 자신을 동족 다크엘프로 착각하는 건지 의아했었다. 그러나 그런 기색을 눈치챈 그녀는 그저 예의를 다하기 위해서라고 설명해 주었다.

"예, 제가 만든 포션에 관한 이야기겠지요. 저도 그 포션이 좋은 물건인 건 알고 있습니다. 제 평생의 역작이죠."

세진은 담담히 말했으나, 물론 입에 침도 바르지 않은 구라다.

엘리트 고블린의 지식에는 현재 연금술사들은 결코 모를 특별하고 뛰어난 배합법들이 가득했고, 최고의 재료인 '검치'를 사용한 세진은 평생의 역작은커녕 고작 7일 만에 뚝딱 이 포션을 만들어냈다.

게다가 그 7일도, 피치 못하게 숙성을 해야 하는 기간이었다.

"물론 저희도 당연히 알고 있어요. 이만한 포션을 만들어내기 위하여 아주 오랜 세월을 고뇌하고 번민하셨겠지요. 같은 연금술사로서 충분히 이해하고 있습니다."

엄숙한 목소리와 심각한 표정. 그 진지한 태도에 세진은 순간 입에 머금고 있던 커피를 뱉을 뻔했다. 그러나 그는 이내 태연히, 뜨거워서 그런 척 입가를 훑고서 고개를 끄덕였다.

"알아주시니 다행이군요."

"네, 그리고 그만큼 좋은 포션이니 만큼…… 아직 판매 개시도 되기 전이지만, 벌써부터 소문을 듣고 몰려온 작자들이 있더군요. 그리고 이건 그들이 긴히 보내온 판매 요청서예요."

하젤린이 반듯한 종이 다섯 장을 내밀었다. 종이에는 이름만 들어도 알 수 있는 기사단, 기업, 유명한 갑부의 이름이 큼지막하게 적혀 있었다.

'0이 몇 개냐, 4억 5억 7억……?'

그리고 그 이름 아래에 쓰여 있는 숫자들은, 세진이 일평생 감히 꿈꿔보지도 못했던 액수였다.

"합법적 커미션이에요. 현재 연금술사님이 가지고 계신 포션의 용량에 따라, 그 절반 미만에 해당하는 용량을 개인 혹은 집단과 선거래를 할 수 있는 제도죠. 국가에서 세금으로 무려 48%나 가져가긴 하지만, 이건 구매하고자 하는 사람들이 포션 가격과는 별개로 지불하는 금액이기에 별 상관은 없을 거예요."

"좋군요."

세진이 만족스러워하며 고개를 끄덕이자, 그런 그의 눈치를 슬쩍 살핀 하젤린은 조심스레 말을 이었다.

"근데…… 사실 이 커미션을 받기 위해서는 포션의 효험뿐만 아니라, 그걸 유통하는 알케미하우스의 역량도 중요하기 때문에 저희도 그 일부를 받게 되어 있어요. 아무 연줄이 없는 알케미하우스가 이런 포션을 받으면, 그냥 별생각 없이 시중에 내놓을 테니까요. 그래서 그런데……."

하젤린이 침을 꿀꺽 삼켰다. 원래 어느 알케미하우스에서나 이게 옳은 절차이지만, 그래도 앞에 있는 남자가 가지고 온 포션이 포션이다 보니 긴장이 됐다.

"원래 이런 커미션은 보통 알케미하우스가 그 금액의 절반 이상을 가져가는데…… 저희는 특별히 딱 40%, 아니, 35%만 떼어갈게요. 이 이상은 다른 알케미하우스도 무리일 거예요. 한번 가서 물어보셔도 좋아요. 세전 금액에서 가져가는 것이기에……."

"네, 좋아요."

세진은 별다른 이의 제기 없이 고개를 끄덕였다.

다크엘프든 보통 엘프든 하이엘프든, 엘프가 사기를 친다는 이야기는 단 한 번도 들어본 적이 없기도 했지만, 인터넷으로 알아본 결과도 그녀의 말과 별반 다를 바 없었기 때문이다.

물론 이런 중요한 정보를 인터넷으로 알아본다는 게 조금 한심하다 생각할지도 모른다. 하나 그건 연금술사나 다크엘프의 특성을 아예 모르기에 하는 생각이다.

그들은 익명을 좋아한다. 그리고 익명만 확보된다면 그 누구보다 활발히 활동하고 교류하는 사람들이다. 인터넷은 그 익명 커뮤니케이션의 정점에 위치한 매체고.

연금술사의 절반은 게임 중독자라는 우스갯소리가 괜히 생긴 것이 아니다.

"……네?"

일이 이토록 쉽게 끝나자, 하젤린이 잠시 맹한 표정을 지었다. 그러나 그녀는 이내 정신을 퍼뜩 차리고서 그가 변심하기 전에 재빨리 다음을 계속했다.

"그러면 여기 제일 커미션이 높은 판매 요청서에 지장을 찍어주시면 되어요! 기업 새벽달이 7억으로 가장 높은 금액…… 아, 잠깐 인주가 어디 갔지?"

세진은 허둥지둥 인주를 가져오는 그녀를 바라보며 진한 미소를 지었다. 다른 사람이 자신을 두고 안달하는 모습은 평생을 사회적 약자로 살아왔던 그에게는 퍽 기분 좋은 광경이었다.

"여기요!"

하젤린이 허겁지겁 인주를 건네자 세진은 다시 한번 종이에 적힌 내용을 확인하고서 지장을 찍었다.

"휴우……. 아, 그리고 혹시 지금 물건을 가지고 계신가요? 그때 세 개나 가지고 계신다고 하셨잖아요? 최소 두 개는 있어야 해요. 반드시 절반은 시중에 내놓아야 한다는 법적 문제 때문에, 그래야 하나를 합법적 커미션으로 팔 수 있거든요."

"네, 일단 물건은 모두 가져왔습니다."

세진이 들고 온 가방 속을 뒤적이자 하젤린이 눈을 빛내며 그 모습을 바라보았다.

"총 4개. 모두 균일한 효능일 겁니다."

"오, 오옷!"

드디어. 그때와 같은 영롱한 빛이 퍼져 나오는 포션 4개가 그 모습을 드러냈고, 하젤린의 만면에 미소가 마구잡이로 떠올랐다. 하지만 곧 책임자가 지켜야 하는 체면을 떠올린 그녀는 재빨리 그 체통 없는 미소를 지웠다.

……물론 이미 너무 늦었지만.

"좋습니다. 모두 4개. 다행이군요오!"

그러나 기쁨과 즐거움으로 인해 말꼬리가 늘어지는 것까지는 막을 수 없었던 듯했다.

하젤린은 포션을 하나 집어 흔들어도 보고, 냄새도 맡아보고, 요리조리 살펴도 보고는 만족한 듯 고개를 끄덕이며 포션을 내려놓았다.

"판정 심사도 필요 없겠네요. 완벽해요. 완벽한데……."

그러고는 로브에 가려지지 않은 세진의 입술을 바라보며 조심스레 말을 잇는다.

"근데 궁금한 게 하나 있어요. 도대체 어디서 이 정도의 연금술을 연마하셨던 거죠? 보통 연금술사라면 포션이 불완전해도 판정이라도 받아보기 위해 실험작 하나씩은 내놓게 마련인데…… 연금술사님은 이번이 처음이고, 거기다 물건이 굉장한 상품(上品)이라서 실례인 걸 알면서도 감히 물어보고 싶네요."

"아……."

그녀의 질문에 세진은 살짝 고민했지만, 오기 전에 미리 생각해 뒀던 변명으로 둘러댔다.

"제 스승님의 명이셨습니다. 머릿속에 불확신이라는 편린이 존재하면 그것은 잘못된 것이니 확신의 경지에 오를 때까지 잡생각은 말고 정진에 정진을 거듭하라고 하시더군요. 그래서 저는 그분의 말을 따랐을 뿐입니다."

연금술사나 마법사들은 다른 어떤 관계보다 사제 관계를 중시 여기기 때문에 하젤린은 납득했다는 듯 고개를 끄덕였다.

"연금술사님께서는 정말 좋은 스승님을 두셨군요. 스승님께서도 자랑스러워하시겠어요. 제자가 이렇듯 뛰어난 연금술사가 되었으니."

"아…… 예, 그저 그분께서 이 모습을 못 보고 돌아가신 것이 아쉬울 뿐입니다."

만약에라도 스승의 이름을 물어보지는 않겠지만, 제 발이 저린 세진은 확실하게 못을 박아두었다. 그리고 어차피 거짓도 아니지 않은가. 모든 지식을 전해준 스승님, 있긴 하니까.

……물어서 죽였지만.

"아, 그렇군요……."

그러나 실상을 모르고, 그저 씁쓸한 진실로 받아들인 하젤린은 무겁고 엄숙한 표정으로 고개를 끄덕일 뿐이었다.

"그럼 저는 이만, 시간이 없어서."

눈 깜짝할 새에 30분이나 흘렀기에 지체할 시간이 더 이상

없는 세진이 먼저 몸을 일으켰다. 그러자 하젤린도 따라 일어나, 흐뭇한 미소를 지으며 그에게 손을 건넸다.

"저희를 선택해 주신 연금술사님을 위해서라도, 이 '고블린' 시리즈를 최고의 포션 시리즈로 꼭 만들어드릴게요. 믿어도 좋아요. 지금 당장 기자들에게 연락을 돌릴 예정이니까. 요즘은 언론플레이도 굉장히 중요하거든요."

"하하. 네, 감사합니다."

세진은 그녀의 미소를 마주 보며 손을 맞잡았다.

세진이 떠나가자마자 하젤린은 누군가에게 전화를 걸었다.

"여보세요. 기사님?"

─예, 책임자님. 아까는 죄송했습니다. 아가씨께서 병실에서 누워계시는 모습을 본 직후라, 저도 모르게……

전혀 죄송하지 않은 목소리였지만, 그녀는 여유로이 말을 이었다.

"아니에요. 괜찮아요. 방금 전에 물건이 들어왔거든요."

─오! 정말입니까!

그 즉시 큰 소리가 터져 나왔다.

핸드폰 너머 벌떡 일어난 박현오가 눈을 부라리며 소리를 지르고 있는 모습이 벌써부터 상상이 되었다. 하젤린은 입가에 가벼운 조소를 머금었다.

"후훗, 네. 근데 말했듯이 당장 방금 들어온 터라 물품은 일단 제가 상급 판정을 내릴 예정이긴 한데 중앙협회 쪽에서 다시 심사를 하고서 판매 인가를 해줘야 해요."

—괜찮습니다! 하젤린님의 눈썰미를 그 누가 의심하겠습니까? 일단 제가 그쪽으로 가겠습니다. 기다려 주세요!

"……풋. 네, 조심히 오세요."

전화가 끊기고, 하젤린은 기분 좋은 숨결을 내뱉으며 의자 등받이에 몸을 기댔다.

빌어먹을 대기업과 기사단 놈들에 염증을 느끼고, 연금의 세계에서 한 발자국 뒤로 물러선 지 어언 3년이 지났다.

물론 일선에서 물러났더라도 여전히 자신을 과신하는 연 놈들이 귀찮게 구는 건 여전하지만, 그래도 지금 이 순간만큼은 날아갈 듯 기분이 좋다.

포션 하나를 잘 만들어서, 또는 잘 만든 포션 하나가 들어와서 갑을관계가 잠시나마 뒤바뀌는 지금.

'……금방이면 한 5분이면 오겠지.'

새벽 기사단의 상급 기사는 마나석을 연료로 쓰는 전세기를 띄울 수 있다.

물론 유사시도 아닌데 서울에서 강원도까지 그 초음속 전세기를 타고 오는 것은 명백한 낭비지만, 그래도 환자가 환자이다 보니 도저히 지체할 수 없겠지.

하젤린은 손님을 맞이하기 위해 벗어두었던 로브를 입고

후드까지 푹 눌러썼다.

'근데 그냥은 안 주지.'

아직 놈들은 그 연금술사가 판매 요청서에 지장까지 찍은 것을 모른다. 그렇다면…… 최대한 뽑아낼 때까지 뽑아내고, 장기가 다 녹아내릴 때까지 애간장을 태우리라.

이것은 그녀만의 소심한 복수, 그러나 당하는 사람 입장에서는 무엇보다 끔찍한 악취미다.

"아! 맞다."

그 전에, 하마터면 해야 할 일을 잊어버릴 뻔했다. 하젤린은 부랴부랴 핸드폰을 집어 다시 누군가에게 전화를 걸었다.

"어, 윤희정 기자님. 오랜만이네요. 아, 별게 아니라. 그냥 오랜만에 좋은 포션이 나와가지고. 어? 아, 매물도 꽤 많아. 4개. 신기하지? 나도 이만한 포션이 한꺼번에 4개나 들어오는 건 처음이야. 응, 아 고마워요. 일단 정보는 당장 직원들 시켜서 보내줄게. 인가는 3일이면 받을 거 같으니까, 그때 기사 써주시면 돼요."

[상등급 포션 '고블린의 선의' 전격 발매, 혜성처럼 등장한 귀재(鬼才)의 처녀작.]

「개벽일보 윤희정 기자」

오늘 오전 8시. 한 연금술사가 제조한 '고블린의 선의'라는 독특한 이름이 붙여진 포션이 중앙연금술협회로부터 판매 허가를 받았다.

그 무엇보다 먼저 눈에 들어오는 대목은 역시 바로 그 이름이다. 이 포션을 제조한 연금술사가 자칫 마이너스가 될 수 있는 '고블린'의 이름을 차용한 이유는, 고블린의 포션 제조 능력이 인간에게 선의로써 적용된다면 어떤 일이 생길까 하는 단순하지만 상상하기 어려운 궁금증 때문이었다고 한다.

그리고 놀랍게도, 과연 이 포션을 제조한 연금술사는 고블린의 그 손재주마저도 닮은 것인지, 이 포션은 완벽한 재생·치유의 효험이 있다고 판명되어 연금술협회로부터 '상등급'의 판정을 받았다. 게다가 더욱 주목할 만한 점은 '고블린의 선의'가 이 연금술사의 처녀작이라는 사실이다.

······중략······.

이 포션은 강원도 원주에 있는 '요선'이라는 알케미하우스에서 8일 오후 12시 정각부터 경매가 시작된다. 포션 가뭄 현상이 끝날 기미가 보이지 않는 극빈한 상황에 단비처럼 등장한 이 '고블린 선의'를 기점으로, 침체기에 빠져든 포션 시장에 다시금 활기가 맴돌기를 기대해 본다.

서울 종로 한가운데에 위치한 칠흑 기사단 본부의 분위기는 근 반년 만에 등장한 상등급 포션에 살짝 상기되어 있었다.

한국은 물론 그 반경을 세계까지 확대하더라도 수위를 다투는 기사단, 칠흑 기사단은 '강습'한 몬스터들이나, 중상급 이상의 희귀하고 가치가 드높은 몬스터들을 주로 다룬다. 그러나 중상급 이상의 몬스터들은 저마다의 특수한 능력을 지니고 있어, 각각 걸어 다니는 재해 수준이라 그들의 능력으로도 부족한 점이 많았다.

사실, 부족하다기보다는 두려운 점이 많다는 게 옳은 말일지도 모른다.

치유 마법이 자연의 무분별한 개발로 인하여 사멸해 버린 오늘날, 몬스터로 인한 상처의 치유는 현대 의학과 포션의 몫이 되어버렸다. 그러나 현대 의학은 절단된 수족을 붙일 수는 있어도 재생시킬 수는 없기에 기사들은 대부분 현대 의학보다 포션을 더욱 선호하고 신뢰했다.

하지만 근 반년 동안, 기사들이 상급 이상의 몬스터에게 두려움 없이 대적할 수 있게 만들어주는 중상급 이상 포션의 씨가 말라 버렸다. 회복·재생 효과가 있는 포션은 물론, 일신의 무력을 순간적으로 증폭시켜 주는 강화 포션까지도.

그리하여 상급 몬스터가 출현했음을 알리는 파동이 전해져도, 요즈음 기사들은 쉽사리 몬스터 사냥을 나서지 못하는 실정이었다.

"소문 들었냐?"

"어, 이름 이상하던데. 근데 그거 우리 기사단도 살 수 있 겠지?"

"설마 못 사겠냐. 용량도 개당 40㎖래. 게다가 한 번에 매 물로 두 개나 나왔다는데."

"40㎖면 6명분이니까⋯⋯. 그거면 이번에 알 깼다는 바실 리스크도 충분히 사냥할 수 있을 것 같은데?"

그렇기에 칠흑 기사단의 기사들이 갑작스레 등장한 상급 포션에 관심을 가지는 것도 어찌 보면 당연한 일이었다.

"흐음⋯⋯."

기사단의 로비에서, 기사 김유린은 알케미하우스가 전해 준 포션의 효험과 예상 가격을 읽으며 한숨을 흘렸다. 아주 오랜만에 나온 상등급 포션이라 경쟁자가 많긴 하겠지만 칠 흑 기사단이라면 충분히 구매할 수 있을 터였다.

'두 개면⋯⋯ 네 개 중에 두 개를 선거래로 판 거네.'

그러나 유린은 불만스러운 듯 얼굴을 꾸겼다. 알케미하우 스의 선거래는 보통 하우스 쪽에서 관계가 좋은 쪽에 정보를 일부러 흘리는 것으로 시작된다. 달리 말하자면, 그 정보를 받지 못한 칠흑 기사단은 그쪽과 관계가 좋지 않다는 뜻.

'요선 알케미하우스면 하젤린이겠지.'

순간 떠오른 하젤린의 안면에 유린은 지끈거려 오는 관자 놀이를 문질렀다.

하젤린과 김유린. 두 사람은 20여 년이라는 긴 세월 동안 알아온, 절친한 걸 넘어 의자매나 진배없는 관계였었다.

그러나 그 돈독한 사이는 어느 한 사건으로 인해 급속도로 뒤틀렸다. 어이없을 정도로 단순하고 유치한 오해. 그러나 그 당시에는 오해가 얽히고설켜 너무나도 심각했고, 한번 어그러지기 시작한 관계는 브레이크 따윈 없이 최악으로 치달았다.

날이 지날수록 험악해져 가던 두 사람의 관계는 결국 지금으로부터 3년 전, 완전히 끝이 났다.

하젤린은 유린의 포션에 독을 탔고, 사경을 헤매다 기어코 살아남은 유린은 하젤린의 팔을 베었다.

그러나 그 처참한 사건은 서로 간의 암묵적 동의로 인해 잘잘못을 따지거나 누군가에게 퍼지는 일도 없이, 현재까지도 오직 두 사람만이 알고 있는 철저한 비밀로 남았다.

그렇게 두 사람은 서로에게 관심을 끊은 채 제 삶을 살아왔고, 꽤 오랜 세월이 지난 현재. 유린은 최연소 고위 기사라는 영광스런 타이틀을 쟁취했으며, 하젤린은 자신이 만든 '요정의 술'이라는 포션으로 잘린 팔을 재생해 알케미하우스의 책임자가 되었다.

이렇듯 두 사람은 모두 과거보다 찬란한 미래를 거머쥐었지만, 둘의 관계는 남보다 못한 철천지원수가 되어버렸다. 이따금씩 떠오르는 함께했던 추억은 이미 모두 그 빛이 바랜

지 오래다.

"유린 상급 기사님!"

잠시 과거의 상념에 젖어 있던 그녀에게, 누군가가 다가와 말했다. 유린이 고개를 돌리자 그쪽에는 꽤 많은 인원의 기사들이 있었다.

"어…… 무슨 일?"

그녀는 평소처럼 무덤덤하게 말했고, 남자 다섯, 여자 셋으로 이루어진 기사들은 환히 웃으며 네모반듯한 상자를 내밀었다.

"선물입니다 기사님! 고위 기사 승급, 축하드립니다!"

그들의 대표 격인 귀엽게 생긴 남자 기사가 말했다. 유린이 중급 기사일 때 견습으로 들어와 2년간 직속 부하로 근무했던 김수겸이다.

"그래, 고마워 다들."

유린은 자신과 키가 비슷한 이 귀여운 놈의 머리를 한번 쓰다듬어 주고서 선물을 받았다. 수겸은 그 손길을 수줍어하며 침을 꿀꺽 삼켰다.

"열어보세요!"

괜스레 홍조를 붉히며 말하는 모양새가 이 상자 안에 든 물건이 꽤나 좋은 물건임을 알려주었다. 그 상기된 모습에 유린도 괜히 기대하며 상자를 열었다. 쓸데없는 기대임을 알면서도.

"……."

짜잔─

그녀는 상자 안의 내용물을 확인하고는 눈알을 데굴데굴 굴려 기사들의 얼굴 면면을 슬쩍 살폈다. 잔뜩 기대한 얼굴. 실망시키기는 싫었다.

"오오…… 이거 꼭 필요했던 건데. 고마워 다들."

유린은 체통에 맞게 날뛰지 않고, 진심으로 감사하는 표정을 지었다. 근래의 경험으로 인해 연기는 이미 수준급이었다. 아니, 애당초 연기라 할 것도 없었다. 그녀는 그저 자신을 축하하는 기사들의 마음만으로도 고마웠으니.

"너무 미안하네. 제노비스면 많이 비쌀 텐데……."

그녀가 온통 검은색으로 색칠된 건틀렛을 들어 보이며 말했다. '제노비스'라는 상표가 세련되게 새겨진, 얇지만 견고한 건틀렛이다.

제노비스는 최소 상등급 이상의 금속만을 사용하는 고급 공방이니, 이 건틀렛의 가격은 적어도 억 단위를 가볍게 호가하리라.

"아뇨, 괜찮아요. 기사님이 저희한테 해주신 걸 생각하면 그것도 너무 값싸서 미안할 지경인데요.

"내가 뭘 해줬다고 그래. 아, 근데……."

유린은 그들의 눈치를 살살 살피다가 조심스레 말을 이었다.

"검은색밖에 없었니?"

"예? 아……. 아니요! 오히려 여성용에서는 밝은 색밖에 없더라구요. 그래서 저희가 특별히 요청해서 검은색으로 덧칠했어요. 절대 색이 바래는 일은 없을 거니까 걱정하지 않으셔도 돼요."

"아하……."

그냥 밝은 색이 더 좋았을 텐데.

그러나 유린은 수겸의 웃는 낯에 더 이상 아무 말도 하지 못하고 그저 힘없이 미소를 지을 뿐이었다.

김유린, 그녀의 27년 생애. 평생 받아온 수많은 선물은 모두 이런 전투 장비뿐이었다.

같은 시각. 몬스터 사체의 처리를 위해 몬스터 상점으로 온 세진은 왠지 흐뭇한 표정으로 TV를 바라보고 있었다.

─거의 반년 만에 상등급 포션이 시중에 판매됩니다. '고블린의 선의'라고 네이밍이 된 40㎖ 용량의 이 포션의 가격은 상등급 포션 최고 상한가인 4억 원으로 확실시되고 있는 가운데, 국내는 물론 해외의 기사단에서까지 구매 요청이 쇄도하고 있습니다. 또한 '요선 알케미하우스'에서 고블린이라는

네이밍의 특허권을 협회에 요구한 것을 두고, 사람들은 '고블린의 선의'와는 다른 효능이 있는 고블린 시리즈 포션이 출시되는 것이 아니냐며 기대를 품고 있습니다.

"저기요? 저기요? 저기요!"

김세진이 TV에만 집중하자, 공무원이 답답해하며 살짝 소리를 질렀다.

"아, 예. 죄송합니다."

"여기 받으세요. 김세진 씨는 경험 일수 60일을 채우셔서 하급 사냥꾼에서 중하급 사냥꾼으로……."

그러나 그것도 잠시, 세진의 온 신경은 다시금 TV의 음성에 집중되었다.

─게다가 이 포션이 연금술사의 첫 작품이라는 사실이 알려지자, 한국은 물론 해외 등지 커뮤니티사이트에서도 이 연금술사를 '고블린 연금술사', 혹은 '연금술의 귀재'라 부르며 많은 관심을 보이고 있습니다. 그러나 포션을 유통하는 '요선 알케미하우스'는 이 과도한 관심 집중에 포션을 제조한 연금술사가 압박감을 느낄까 우려한다며 지나친 관심은 자제해 주길 바란다고…….

5장
영물, 신령스러운 늑대

"근데 정말 시리즈 포션으로 남을 수 있을까요? 보니까 귀재님은 공방을 두지 않고 혼자서 하시는 것 같던데…… 와, 근데 어떻게 혼자서 그 포션을 다 만드셨지? 진짜 이런 거 보면 재능이란 게 확실히 있긴 있는 것 같아요."

밀려들어 오는 연락들은 잠시 접어두고 휴식을 취하는 시간. 직원의 감탄 섞인 말에 하젤린이 한숨을 내쉬며 그를 흘겨보았다.

"……어휴, 너까지 귀재라고 하면 어떻게 하니? 그냥 기사단이랑 매스컴에서 제발 일 좀 열심히 해주세요라는 의미로 붙인 허울뿐인 찬사인데. 그리고 뭐, 재능? 아서라, 아서. 귀재, 불세출, 수재, 천재, 그딴 건 이쪽 생리랑 도저히 안 어울리고, 어울려서도 안 돼."

"에이, 그래도 이번에는 커뮤니티 사이트에서 먼저 나왔는데요. 연금술 카페도 난리가 났어요, 지금. 혹시 만날 수는 없냐고……."

실적은 곧 보너스로 직결되기에 잔뜩 신이 난 채 말을 이어가던 직원은 문득 느껴지는 차가운 시선에 말을 멈췄다. 저도 모르게 역린을 건드려 버렸다. 아랫입술을 살짝 깨문 하젤린의 모습을 곁눈질로 확인한 직원의 이마에 땀이 송골송골 맺혀갔다.

"너, 아직도 그런 거 보는 거니? 내가 그런 가십 사이트는 들어가지 말라고 몇 번을 말했어? 익명이랍시고 발정난 놈들이 이상한 악성 루머만 가득 뿌려놓는 곳이 거긴데."

"죄송합니다."

자신의 책임자는 변명이나 핑계를 죽기보다 싫어하기에 직원은 그저 정직하게 사과했다.

"후…… 죄송할 것까지는 없고, 가서 일이나 해. 그 '귀재'님의 의중이나 앞으로의 계획은 내가 알아서 잘 물어볼 테니까."

"네!"

직원이 떠나가고, 주변의 인기척이 완전히 사라지자마자 하젤린은 핸드폰을 집어 들었다. 방금 직원을 대하던 차가운 태도와는 다소 판이한 몹시 조심스러운 태도였다.

뚜— 뚜—

몇 번의 수화음이 울렸지만, 마지막에 그녀를 기다린 문장
은 '고객님은 현재 전화기가…….'

"집전화밖에 없다면서 왜 집전화를 안 받아?"

하젤린이 불만스럽다는 듯 한쪽 눈썹을 찡그렸다. 벌써 10
번째인데, 어떻게 된 게 단 한 번도 받질 않는다.

—삐— 소리가 나면 녹음해 주세요.

"저…… 연금술사님? 저 하젤린이에요. 전화번호는 저만
알고 있으니 안심하셔도 돼요. 일단 왜 전화드렸느냐면, 혹시
일과 관련해서 나중에 밥이나 한 끼 할 수 있나 해서……."

연금술로 인해 금전에 대한 걱정은 사라졌다. 포션 가격만
개당 5억. 거기다 그중 두 개는 선거래로 팔아 포션 가격과
는 별도로 각각 7억, 6억을 받는다.

세금과 알케미하우스에 줄 수수료를 다 제하더라도 수중
에 들어올 금액은 15억 남짓. 평생 꿈도 꾸지 못하리라 생각
했던 액수다. 그러나 그 금액이 한꺼번에 나가게 될 것이라
고는 더더욱 상상하지 못했다.

강원도, 몬스터 필드와 최대한 가까이 있는 단독주택의 가
격은 최소 15억을 가볍게 호가했다.

처음 들었을 때는 물론 어이가 없었지만 그 이유를 듣고 보니 어느 정도 이해가 갔다.

마당이 있는 60평 단독주택의 지하에는 자가발전장치가 있는 방공호가 있고, 몬스터 출몰 시 우선 보호를 약속하는 기사단 보험이 들어 있으며, 중급 이하의 몬스터에 의해서는 파손되지 않을 단단한 마법 결계가 되어 있다. 그쯤 되니 오히려 15억이 값싸게 느껴질 정도였다.

15억을 단번에 쓰기에는 조금 아까웠지만, 지금 자신의 상태로는 아파트는 왠지 불안하고, 이보다 더 먼 지역에 자리를 잡는 것은 시간이 부족했기에, 세진은 포션을 판 대금이 들어오는 대로 가장 먼저 집을 구매하리라 마음먹고 다시 동굴로 돌아왔다.

'근데 도대체 진화는 언제 하냐.'

하지만 돈이 생겼더라도 걱정이나 불안은 그 정도가 덜해질 뿐 결코 사라지지는 않았다. 가장 근원적인 문제점. '자신이 인간으로 살아갈 수 있느냐' 하는 점 때문이었다.

고작 하루에 100분만 인간으로 살아갈 수 있어서는 도저히 인간이라 말할 수 없다…….

'갈색에서 잿빛으로 진화한 조건은 분명 최소한의 명성이었지.'

100명 이상에게 알려졌다는 알림과 함께 진화를 했다. 그러니 혹시라도 그것과 관련이 있다면 의도적으로 잿빛 늑대의 모습을 사람들에게 보여주어야 한다는 말이 된다.

"후……."

근데 그게 쉽나, 보자마자 사냥하려 들 텐데.

김세진이 한숨을 내쉬었다.

그러나 가만히 있는다고 변하는 건 아무것도 없다. 몸으로 움직여 직접 부딪쳐 봐야 적어도 그 실마리라도 발견할 수 있을 터.

'일단 기사 말고, 사냥꾼들한테만 모습을 보여줘 보자.'

"가능할까?"

"괜찮아, 괜찮아~ 뭘 그렇게 걱정하는데. 어차피 몸뚱아리만 조금 큰 하급일 거라고. 다른 사냥꾼들이 호들갑을 떠는 거지."

중급, 중하급, 중하급. 총 세 명의 사냥꾼이 모인 임시 파티는 여성 하나, 남성 둘로 이루어져 있었다. 여성은 활기차게 앞으로 나아갔지만 그러나 남자 둘은 왠지 모르게 축 처져 있었다. 끌려오기라도 한 사람처럼.

"그리고 사냥꾼 셋이 모이면 어떤 몬스터라도 잡을 수 있다! 이게 니들이 하던 말 아니었냐? 그래서 의남매 맺었잖아, 우리."

"뭘 벌써 15년이나 된 얘기를 하고 있냐. 그리고 그때는 사냥꾼이 아니라 기사였지."

"어쨌든 간에, 인마! 왜 그렇게 풀이 죽어 있냐고. 호랑이만 한 늑대면 그 사체의 값어치만 해도 엄청 비쌀 거고, 심장에 중급 마나석이라도 들어 있으면…… 알잖아?"

여자는 손가락으로 동전 모양을 만들며 낭랑하게 떠들었지만, 두 남자의 얼굴에 드리운 그림자는 갤 기미가 없었다.

요 근래 하급 지대에 떠도는 소문이 있었다. 유니크 몬스터가 이 일대를 배회한다는 괴소문, 바로 '유니크 잿빛 늑대'가 그것이다.

하급 지대에서 호랑이만 한 잿빛 늑대를 봤다는 사냥꾼만 해도 벌써 수십을 넘어가더니, 어느새 그 늑대는 '유니크 잿빛 늑대'라는 별호를 얻어 사냥꾼 카페는 아예 온통 그 이야기로 난리법석이었다.

그 열기가 심상치 않아 곧 있으면 방송국의 취재까지 들어올 분위기.

그러나 안전을 중시하는 대부분의 사냥꾼이라면 피해 마땅할 그 괴소문을 이 여자는 오히려 들쑤시자고 두 명의 남자를 끌어들였다.

"괜찮아, 괜찮아!"

유니크 몬스터, 혹은 돌연변이 몬스터. 평범한 몬스터가 선천적으로 혹은 후천적으로 변화하거나 비정상적인 성장을 하여 동급의 다른 몬스터보다 훨씬 강해진 몬스터를 뜻한다.

가장 대표적인 예로는 검치대호, 맨티코어(사람의 머리에 사자의 몸, 박쥐의 날개가 달린 괴수), 드래곤터틀 등이 있다.

모두 상급 기사 파티도 쉬이 못 잡는 특등급 몬스터들이고 그들은 강원도의 산간 지방에서도 가장 높고 구석진 벽지에서 홀로 고고한 투쟁의 삶을 이어간다.

한데 그런 유니크 몬스터가 하급 지대에서 맴돌다니? 규격외의 몬스터를 토벌하는 역할을 맡은 상주 기사도 그 소문을 듣고서 너무 터무니없다 코웃음 칠 정도로 말이 안 되는 괴소문일 뿐이다…… 라고 여자는 생각했다.

하지만 두 남자는 아니었다. 호랑이와 크기가 비슷한 잿빛 늑대. 그 형형하고 도도한 두 눈동자를 분명히 봤다. 물론 직접은 아니고 인터넷의 사냥꾼 카페에서.

보름달을 등진 채 사냥꾼을 응시하는 그 모습은 공포보다는 아름다움을, 흉악함보다는 고귀함을 느낄 정도로 대단했다.

"그래도 너도 봤잖아."

"보긴 했는데, 유니크 몬스터까지는 아니라니까? 유니크 몬스터였으면 벌써 기사들이 출동했겠지. 그리고 놈이 그렇게 강했으면 목격자가 왜 이렇게 많겠어? 다 죽었겠지 벌써."

여자의 말은 사실이었다. 유니크 몬스터는 다른 몬스터와는 다르게 마법에 준하는 특수 공격을 행사할 수 있고, 특별한 파동을 전달한다. 만약 그 파동이 느껴졌다면 상주 기사들이 벌써부터 이 하급 지대로 몰려와 순찰을 하고 있었겠지.

그리고 늑대 목격자들의 말도 조금 이상했다.

그들의 말로는, 웅장한 자태의 늑대가 귀신처럼 등장하여 자신들이 떠날 때까지 앞길을 막았다고 했다. 그 크기와 눈빛에 지레 겁먹고 소스라치게 달아났다고는 하지만, 그것은 일단 그 늑대가 분명 해를 끼치지는 않았다는 뜻이다.

"그냥 조금 큰 늑대일 뿐이야. 그리고 예로부터 크기가 큰 몬스터는 심장의 마나석이 비대했지. 물론 그만큼 강하기야 하겠지만…… 중급 사냥꾼인 내가 괜히 이걸 가져왔겠어?"

여자가 뒷주머니에서 권총을 하나 꺼냈다. KM-758이라는 이름이 붙은, 짐승형 몬스터에게 특히 효과가 좋은 철갑마나탄을 격발하는 고급 권총이다.

"어? 어디서 났어, 그거?"

"중급인 이 몸은 너네들이랑은 차원이 다르잖냐. 여기저기 파티 뛰면서 번 돈으로 구했지. 이거면 늑대는 걸리는 순간 뒈지는 거야."

말보다 믿음직스러운 무기의 출현에, 남자들은 그제야 조금이나마 용기를 얻었다.

-아우--!

그러나 그 자신감을 얻기 무섭게 짙은 공포가 그들을 덮

쳤다. 밤하늘 높이 울려 퍼지는 늑대의 울음소리는 막 피어
나려던 사내들의 용기를 모조리 집어삼켰다.

"뭐, 뭐야?"

잿빛 늑대는 울지 않는다. 비단 성대가 퇴행했기뿐만이 아
니라, 은닉을 통한 기습이야말로 그들이 하급 지대에서 살아
남은 이유이자 최고의 기술이었기 때문이다. 일부러 소리를
내어 사냥을 망칠 이유는 어디에도 없다.

그렇다면 이 울음은 도대체 어떤 짐승의 울음인가.

자신만만해하던 여자마저도 몸을 덜덜 떨며 세 사람은 서
로 들러붙었다.

─아우──!

다시 한번 도래한 공포는 그전보다 더욱 가까워져 있었다.
결국 세 사냥꾼은 서로의 손을 잡고 살을 꼭 맞댄 채 바닥에
주저앉았다. 그저 단순한 늑대의 울음일 뿐인데, 온몸이 저
릴 정도로 덮쳐 오는 공포의 해일에 도저히 정신을 차릴 수
가 없었다.

그들은 이 울음에 마력적인 효과가 있을 거라는 추론은 감
히 떠올릴 수조차 없었다…….

"자, 자, 자, 장전돼 있으니까, 거, 거, 거, 걱정 안 해도
돼!"

여자는 덜덜 떨리는 손으로 권총을 움켜쥐었다.

마찬가지로 떨던 남자들은 그러나 사냥꾼의 수칙을 간신

히 떠올릴 수 있었다.

두려움에 잠식되지 않는다. 몬스터를 두려워하는 순간 목숨은 없나니.

한 명은 소총, 한 명은 산탄총. 총기가 철컥이는 소리와 함께 세 사람은 모두 무장을 완료했다.

푸스스스—

암흑이 짙게 가라앉은 풀숲이 흔들리는 소리가 울렸다.

팽팽히 조여오는 긴장에 두려움과 공포는 잠시 의식 저편으로 가라앉고, 그들은 냉정한 사냥꾼의 모습을 되찾는다.

세 사냥꾼은 손가락을 방아쇠에 두고, 총구를 그쪽으로 겨냥했다.

스스스—

10분처럼 느껴진 1분이 지나고, 마침내 몬스터가 모습을 드러냈다.

그러나 사냥꾼들은 그 예상을 벗어나도 한참 벗어난 존재에 어떠한 반응도 할 수 없었다.

"그으으……."

초록색의 피부와 한 손에 든 조악한 철제 무기, 무엇보다도 목에 건 뼈 목걸이가 그들의 말문을 막았다. 오크 전사? 아니다. 오크 전사는 지성이 부족해 전리품 따위를 취하지 않는다.

저 앞에서 제 몸을 과시하며 맹렬한 눈빛을 보내는 놈

은…… 오크 재규어. 오크 전사보다 강인하고 투쟁적인 개체로, 피 튀기는 싸움 그 자체를 즐기는 '중하급' 몬스터다.

그래, 이놈은 중하급이다. 하급 지대에 있어서는 안 될.

"……급간 나누는 기계, 또 고장 났나 보네."

재규어는 그 특성상 싸울 만한 개체를 찾아 몬스터 필드를 배회하지만, 하급으로 내려오는 재규어는 매우 드물다. 하급 지대와 중하급 지대 사이에는 몬스터가 뒤섞이지 않게끔 하는 장치가 설치되어 있기 때문이다.

그러나 그것은 그저 몬스터들의 행동을 유도하기만 할뿐, 완벽한 물건이 아니라 이렇듯 가끔씩 사고가 나기도 한다.

"……미안해, 나 때문에. 늑대 잡으러 왔는데 더 좆같은 게 나와 버렸네."

"아직 안 죽었어. 그리고 말버릇 좀 고치라고 했지, 내가? 어째 너는 평생……."

─그어어어─!

그들의 대화는 재규어의 고함에 끊겼다. 세 명은 서로 간에 눈빛을 보냈다.

두 명이 시간을 벌면 한 명은 살릴 수 있을 것 같은데, 네가 살래? 아니. 그럼 너는? 나도 싫어.

과연 15년간 쌓아 올린 우정은 돈독했다. 셋은 모두 거부하며 미소를 지었다. 그리하여 그들은 결국 합을 맞추기로 작정했다.

타앙-!

먼저 남자가 소총을 격발해 재규어의 목을 맞혔다. 그러나 재규어 단단한 표피는 하급 전용으로 설계된 마나탄으로는 뚫을 수 없었다.

그 간지러운 공격에 재규어가 더욱 격노하며 달려들었다.

이번에는 산탄총을 든 남자 차례였다.

펑-!

방사된 마나탄은 오크의 전신에 골고루 맞았다. 그러나 역시, 효과는 없었다.

마지막으로 권총이 남았다. 그러나 여자는 알고는 있었다. 오크는 짐승이 아니다. 이 총은 그저 발악일 뿐이다.

자신의 죽음보다, 괜히 친구들을 끌고 왔다는 게 미안해 눈물이 핑 돌았다.

그렇게 그녀가 후회 속에 방아쇠를 당긴 순간.

탕-!

오크의 움직임이 멈췄다.

"......?"

바로 지척에서 멈춘 오크의 모습에 셋 모두 당황하여 놈을 바라보았다.

그러나 놈은 멈춘 것이 아니었다.

오크는 자신의 무기가 들려 있는 오른팔 바라보고 있었다. 사냥꾼들도 따라 시선을 옮겼다. 그곳에는 어디선가 뛰어오른 한 마리의 늑대가 오크의 팔을 씹어 먹고 있었다.

잿빛 늑대였다.

그들이 그렇게 찾아다니던 몸뚱이가 호랑이만 한 잿빛 늑대.

처음에는 그저 위험을 알려주기 위해 울었다. 세 명의 사냥꾼을 향해 오크 재규어가 다가가고 있었으니.

그러나 아무래도 이 울음에는 예상치 못한 능력이 있었던 듯했다.

▶[조건 완료 : 늑대의 울음으로 최소 한 명 이상의 사람을 공포에 몰아넣음] 패시브 스킬 '하울링'을 습득.

-늑대폼일 때, 울부짖음으로써 다양한 분위기를 조성할 수 있다. 예) 두려움, 공포, 신비 등등…….

'이게 무슨…….'

자신의 울음을 들은 사냥꾼들은 도망은커녕, 오히려 다리가 풀려 주저앉아 버렸다. 그런 그들 쪽으로 재규어가 천천히 다가갔다.

얼마 지나지 않아 사냥꾼들과 오크 재규어가 부닥쳤다. 순간 사냥꾼들은 패닉 상태에 빠졌지만 가까스로 정신을 차리고 총기를 격발했다.

타앙—

격발음을 들으며 세진은 그쪽을 향해 빠르게 달려갔다. 의도하지 않았다 하더라도 자신의 탓이 어느 정도는 있었기에 그저 보고만 있을 수 없어서였다.

다행히 세진은 늦지 않을 수 있었다.

사위에 회오리가 휘몰아칠 정도의 쾌속 질주, 늑대는 아가리를 벌려 오크의 오른팔을 집어삼켰다.

콱—

하지만 통쾌하지가 않고, 막혔다는 느낌이 선연했다. 질기고 단단한 재규어의 피부는 잿빛 늑대의 대단한 치악력으로도 무리였다. 오크의 무심한 눈빛이 이쪽으로 향하자, 세진은 눈알을 굴리며 눈치를 살폈다.

"———!"

오크가 포효하며 오른팔을 크게 휘둘러 세진을 떼어냈다. 내팽개쳐진 세진은 재빨리 발을 굴러 뒤로 물러섰지만, 재규어의 속력은 예상을 훨씬 상회했다.

과연 '재규어'라는 이름답다고나 할까. 놈은 잿빛 늑대에도 꿀리지 않은 쾌속을 자랑했다.

몇 번 발을 구른다 싶더니, 어느새 세진의 지척에 도달해 무기를 내려찍는다.

쿵!

세진은 몸을 비틀어 가까스로 피했다.

"그어어어어─!"

그 날렵한 움직임에 재규어는 격노한 듯, 마구잡이로 둔기를 휘둘렀다. 정확도는 형편없었으나 파괴력만큼은 흉악하기 그지없었다. 세진은 마치 뱀처럼 움직이며 그 패악질을 회피했다. 하지만 차마 그러지 못했던 노면은 밭이랑처럼 파헤쳐지고, 흙과 돌과 잡초가 서로 뒤섞인 채 파편이 되어 하늘로 비산했다.

"……."

"……."

"……."

그리고 세 사냥꾼은 그 광경을 멍하니 지켜봤다. 그들은 그저 꿈을 꾸는 것만 같았다. 하급 몬스터인 잿빛 늑대가 중하급 중에서도 강한 축인 오크 재규어와 치열하게 싸우는 광경은 꿈에서나 볼 법한 비현실이었다.

그렇게 멍하니 전투를 바라보던 중에 별안간 여성이 총구를 그쪽으로 겨눴다.

"뭐, 뭐하는 거야?"

그에 남자가 질겁하며 그녀를 말렸다. 다른 남자도 마찬가지였다. 그들에게는 차라리 저 둘을 자극하기보다 지금 틈을 타 도망가는 게 더 옳은 방법처럼 보였다.

"오크 재규어는 집착이 심한 놈이야. 냄새도 잘 맡고 해서, 한번 본 사냥감은 절대 놓치지 않지. 저 늑대가 우리가 떠날 때까지 시간을 벌어줄 수 있다면 몰라도, 지금은 늑대를 도우는 게 옳아."

만약 재규어를 해치워도 저 늑대가 우리를 잡아먹기라도 하면……!

그러나 남자는 말을 깊게 삼켰다. 애당초 저 늑대가 없었다면 자신들은 이미 죽었을 테고, 늑대가 재규어를 이기지 못한다면 마찬가지로 죽은 목숨이다.

"눈과 미간, 입, 겨드랑이 위주로 노려."

스물세 살에 중하급과 중급 딱지를 달았다는 건 그 나름대로 이 바닥에 구를 수 있는 재능이 있다는 뜻이었다.

세 사람은 즉시 탄환을 장전하고 늑대와 오크가 뒤섞여 있는 쪽으로 겨냥했다. 무식하게 움직이는 오크는 빈틈을 많이 드러냈지만, 모두 쓸모없는 빈틈이었다. 살갗이 연하거나 아예 없는 부분. 사냥꾼들은 그 최대의 급소를 노려야만 했다.

콰아아앙–!

오크가 무기를 휘둘렀으나, 역시 불발이었다. 이번에도 애꿎은 땅바닥을 가격한 오크는 눈을 번뜩이며 미꾸라지 같은 늑대를 찾았다.

그렇게 오크가 잠시 움직임을 멈춘 순간, 뾰족한 원통형의 작은 물체가 바람을 가르며 그의 눈으로 쇄도했다.

"크아아아아아—!"

마나탄. 마나가 고밀도로 압축된 탄환은 오크의 망막에 맞닿은 그 즉시 폭발했고, 오크는 피를 흘리며 살짝 비틀거렸다. 그러나 그 잠시 동안의 정지는 오크를 완벽한 표적지로 만들었다.

탕탕탕탕!

하나같이 급소를 노리고 발사되는 마나탄들의 향연, 그러나 오크는 손을 들어 올려 모두 쉽게 막아냈다.

한쪽 눈을 잃은 놈의 분노는 이제 늑대가 아닌 사냥꾼들을 향해 타올랐다. 당장에라도 발을 굴러 그들에게 쇄도할 것 같은 뜨거운 격노였다.

"온다! 흩어져!"

마침내 놈이 늑대를 잠시 뒷전으로 두고 사냥꾼에게로 다리를 움직였을 때, 세진에게 기회가 찾아왔다.

세진은 역전의 전사를 사용했다.

그 즉시 늑대의 근육이 급속도로 팽창하고 온몸에 활기가 들끓었다. 달랠 길 없이 타오르는 맹렬한 투쟁심을 놈의 뒷목을 물어뜯음으로써 해소했다.

일신의 격 자체가 달라진 잿빛 늑대가 마치 성난 노도처럼 오크의 뒤를 습격했다.

단 두 발자국의 도움닫기면 충분하다. 발바닥에 선풍이 고이고 그것을 추진력 삼아 놈의 뒷목으로 질주한다.

과직—

그렇게 세진은 이빨로 살갗을 꿰뚫 는데 성공했다. 그러나 치명상과는 조금 거리가 있었다. 그래서 그는 아가리를 뒤흔 듦으로써 그 상처를 최대한 덧나게 했다.

"크아아—"

오크가 괴로워하며 늑대를 떼어내려 했다. 하지만 한층 더 강해진 치악력은 그 발버둥을 애써 무시할 수 있을 정도 였다. 늑대는 오크의 모가지를 꽉 깨문 채 사냥꾼에게 눈빛 을 보냈다. 이제는 너네 차례다라고.

"후우, 후우……."

여자 사냥꾼은 미세하게 떨리는 손으로 권총을 겨냥했다. 목표는 오크의 왼쪽 눈.

오크는 심하게 발버둥 쳤지만, 여자는 일말의 망설임도 없 이 권총을 발사했다.

철갑마나탄이 선명한 궤적을 그리며 오크를 향해 쏘아 졌다. 그렇다. 선명했다. 이건 총알의 속도가 아니다. 마치 바람에 꽃잎이 나풀거리듯, 이 마나탄은 아주 서서히 오크에 게로 향했다.

정확한 적중을 위해 고급 권총에 내재되어 있는 기능이 었다.

속력에 의한 피해는 경감되겠지만, 그래도 철갑마나탄은 내부에서 다시 한번 폭발하기에 명중 자체에 의의를 두는 마나탄이다.

여자는 마나를 부려 느릿느릿한 철갑탄의 경로와 궤적을 실시간으로 조종했다. 발버둥 치는 오크에 따라 이리저리 수정되던 궤적은 마침내 놈의 눈알에 닿을 수 있었다.

그리고 미세한 폭발.

오크의 눈알에서 피가 터져 나왔다.

"휴우."

적중이다. 사냥꾼은 안도의 한숨을 내쉬었다.

오크는 두 눈을 잃었지만, 늑대는 그 후로도 몇 초 동안 오크의 뒷목에 붙어 있다가 떨어졌다.

"그어— 그으."

늑대에게 씹어 먹힌 뒷목은 당장에라도 끊어질 듯 덜렁거렸고, 마나탄에 적중된 두 눈에서는 피가 분수처럼 새어 나왔다. 오크는 기묘한 신음을 내며 연신 두 팔을 휘둘렀지만, 그것도 잠시뿐이었다.

"……"

놈은 풀숲에 털썩 누운 채로 그 움직임이 멎었다.

"하……."

전투가 모두 끝나자 세 사냥꾼은 다리에 힘이 풀려 모두 주저앉았다.

세진은 숨을 몰아쉬며 입속에 고인 피를 뱉어냈다. 얼마 안 있어 예의 알림창이 떠올랐다.

「조건 완료: 협동 사냥」

-최소 1명 이상의 사람과 함께 협동해 사냥을 성공했습니다.

-이제 잿빛 늑대가 아닌 흑색 늑대로 포밍이 가능합니다. 포밍 능력치가 상향 조정됩니다.

-이제 인간형일 때에도 '늑대의 향기'가 적용됩니다.

▶패시브 스킬 '늑대의 향기' [등급 : F]

-흑색 늑대의 진한 내음. 상대의 성별과 종족, 취향과 특질에 따라 다른 영향을 끼칩니다.

-이 스킬은 인간형일 때도 적용됩니다.

보고 또 봐도 좋은 알림이었다. 그러나 쾌재를 부르기에는 타이밍이 조금 좋지 않았다.

"……야, 야! 저거 봐!"

순간 여자 사냥꾼이 호들갑을 떨며 세진을 가리켰다.

그는 자신의 진화 과정이 어떻게 보일지 모른다. 다만 넋을 놓고 입을 헤벌린 세 명의 사냥꾼의 모습을 보아 조금 신비하거나 괴이하다고 추정했을 뿐.

세진은 몸을 곧게 세운 채 그들을 바라보다가 이내 장소를 신속히 벗어났다.

남은 것은 꿈이라도 꾸는 양 여전히 멍한 세 명의 사냥꾼들.

"봤냐?"

"어."

"막 빛나면서 털색깔이 변했지?"

"……어."

늦대의 몸이 신묘한 푸른색으로 물들더니 회색이었던 털이 완전히 새까만 색으로 변했다. 꿈에서도 다시 못 볼 신기하고 진귀할 광경이었다.

밤, 보름달이 커다랗게 떠 있는 몬스터 필드의 하급 지대에는 수많은 사람이 모여 있었다.

사람뿐만이 아니었다. 웬만해서는 이 몬스터 필드에서 볼 수 없는 트럭과 안테나, 카메라와 마이크까지……. 방송국 차량과 관계자들이었다. 그들은 몇몇 구경꾼의 시선과 기사들의 보호를 받으며 무언가를 열심히 취재하고 있었다.

"……지금 뭐 하는 겁니까?"

세진이 조심스레 다가와 한 명의 기사에게 물었다. 그는 별안간 느껴지는 수많은 사람의 냄새에 깜짝 놀라 인간폼을 취하고서 달려왔다.

"취재를 한답니다. 거, 요즘 퍼지는 소문 있잖아요. 영물이라나 뭐라나……. 말도 안 되는 소리지. 근데 요즘 워낙 사람들이 감성적인 것에 메말라 있다 보니…… 쯧쯧."

상주 기사는 아닌 밤중에 불려 나온 것이 못마땅한 듯 혀를 끌끌 찼다.

요즈음 인터넷은 물론 신문까지 달군 이야기가 하나 있었다. 잿빛 늑대에서 흑색 늑대로 진화했다는 '영물'의 이야기. 이 이야기는 세 명의 사냥꾼이 사냥꾼 카페에 생생한 목격담과 오크 재규어의 사체를 찍어 올림으로써 그 생명을 얻게 되었다.

이 사냥꾼들은 잿빛 늑대가 자신들을 도와 오크 재규어를 처치하고 나서, 갑자기 온몸이 푸르게 물들더니 털색깔이 모두 검은색으로 변했다고 말했다.

목격자들은 이 늑대를 두고 '성장형 몬스터'가 아닐까 하고 추측을 했지만, 그 소문이 급속도로 퍼지자 전문가를 포함한 대부분은 그 행동의 특이함을 두고 '영물'이라고 판단했다.

이유는 간단했다. 몬스터는 인간을 잡아먹으려 들지만 이 늑대는 인간을 도왔기 때문이었다. 그리고 그 늑대의 털이 잿빛에서 흑색으로 변화했다는 말에, 과거 김태조라는 사냥꾼을 구해줬던 갈색 늑대와 이 늑대가 동일 늑대가 아니냐는 말도 설득력을 얻고 있다.

"그 늑대가 나타나면 어떻게 한대요?"

세진이 조심스레 물었다.

"그냥 카메라로 찍는 거지 뭘."

"아…… 사냥은 안 한답니까?"

"푸훗, 어이 사냥꾼 양반. 직업 정신은 알겠는데, 그러면 우리 다 여론한테 뭇매 맞고 뒈져."

"아하."

"근데, 우리끼리니까 하는 말인데 방송국 놈들도 참 멍청하지 않습디까? 늑대가 얼마나 예민한 몬스터인데 이렇게 단체로 부산스럽게⋯⋯?"

상주 기사가 말을 멈추고 주변을 둘러보았다. 방금 전까지 주변에서 자신과 얘기를 나누던 사냥꾼이 없어졌다.

"어디 갔어?

그러나 그는 이내 신경을 끄고서 다시금 주변 경호에 집중했다.

5분이 흐르고, 10분이 흘렀다.

애초에 별 기대 없이 단지 영물이 출현했다는 대략적인 위치만 보도하려 했기에 방송국 관계자들은 슬슬 물러나려 했다.

하지만 바로 그 순간.

ㅡ아우ㅡㅡ!

늑대의 울음소리가 드높이 울려 퍼졌다. 카메라를 집어넣으려던 카메라맨과 차에 올라타던 여기자까지 모두 깜짝 놀라 그 소리가 들려온 방면을 바라보았다.

저 산봉우리 위에 늑대 한 마리가 보름달을 등진 채 이쪽을 바라보고 있었다.

전혀 늑대라고는 상상할 수 없는 고고한 자태, 위엄 넘치는 늠름한 크기. 달빛을 받아 희미하게 빛나는 흑색 털과 선명한 황금빛으로 빛나는 눈동자. 그리고 감정을 흔드는 신비한 하울링.

"……."

늑대는 호랑이가 아니지만, 이 자리에 모인 모두는 이렇게 느꼈다. 도도하게 이쪽을 굽어보는 저 늑대야말로 '산군'이다…….

"……야, 야, 뭐 해! 찌, 찍어!"

멍하니 있던 스태프들이 부랴부랴 움직이기 시작했다. 그들은 카메라를 이고서 저 고고한 늑대를 최대한 잘 잡아낼 수 있는 앵글을 찾아 헤맸다.

"허……."

그리고 방금 전까지 냉소를 표하던 상주 기사는 아예 넋이 나간 채로 늑대를 바라보고 있었다. 영물, 그딴 건 존재치 않는다고 코웃음 쳤다. 하지만 그는 감히 저 늑대를 몬스터라고 부를 수 없었다. 설명할 수 없는 신령스러움이 저 늑대를 감싸고 있었으니.

"……!"

"와앗?!"

"뭐, 뭐야!"

순간 일대에 탄성이 일었다. 단지 모습을 드러내기만 한 것으로도 모자라, 늑대의 주변에 푸른 마나 덩어리가 마치

도깨비불처럼 스멀스멀 피어올랐기 때문이었다.

"찌찌찌, 찍었냐? 어! 찍었어, 저거?!"

찍기만 하면 특종이다. 감독으로 보이는 사람이 경악한 표정을 지으며 소리쳤다. 그에 카메라맨이 멍한 얼굴로 고개를 끄덕인 순간.

"뭐야, 어디 갔어!"

마치 방금 일이 모두 꿈이었던 것처럼.

늑대는 그 자취를 감추었다.

─뭐야! 찌, 찍었냐? 어! 찍었어 저거?!

스태프들의 고함이 울려 퍼졌다.

─보셨습니까? 늑대의 주변에 이상한 도깨비불 같은 것이, 마치 늑대가 마나를 다루는 듯…… 어?

리포터가 카메라 범위 밖에서 크게 소리쳤다.

그러나 늑대는 몸을 돌려 산등성이를 훌쩍훌쩍 내려갔다. 카메라가 바삐 쫓아가 보지만, 그 존재는 어디에도 없었다.

"흐음……."

하젤린은 핸드폰 위로 투사되는 홀로그램 영상을 보며 미간을 좁혔다.

영물, 신령스러운 짐승. 사람은 평생을 살며 한 번 볼까 말까 한다는 불가사의한 존재.

그녀도 25세 때 '현무'라는 영물을 한번 봤었다.

크기는 컸지만, 천성이 나른하여 움직이기를 싫어했었지.

원래라면 동중국해에서 하루에 한 번 발장구를 치며 평생을 게으르게 살았어야 할 놈은, 중동 쪽 갑부의 아들이 죽을 병에 걸린 탓에 살해당했다.

마나 폭주. 어떤 포션으로도 고칠 수 없어 평생을 괴로워하며 죽어야 하는 최악의 마나 질환의 완치를 위해, 각기 다른 세계에서 총합 400여 년을 살아왔다는 세월의 거북이는 한낱 약재가 되어 스러졌다.

똑똑–

잠시 과거에 빠져 있던 하젤린은 노크 소리에 현재로 돌아와 시계를 슬쩍 확인했다. 11시 50분. 겨우겨우 닿은 연락을 통해 잡은 그때 그 연금술사와의 약속 시간이다.

"들어오세요."

부드럽게 열리는 문 사이로 들어오는 인물은 로브를 쓴 남자였다. 하젤린은 환한 미소로 그를 응대했다.

"오셨어요?"

"예, 안녕하세요."

두 사람은 악수를 하고서 서로 마주 보며 앉았다.

"그동안 잘 지내셨어요? 그……."

하젤린이 고개를 갸우뚱했다. 분명히 뭔가가 변했는데……. 코를 킁킁대던 하젤린은 곧 그 무언가를 알아차릴 수 있었다.

"향수 뿌리셨나 봐요……?"

세진에게서 퍼져 나오는 은은하니 좋은 냄새가 그녀의 코끝에 맴돌았다. 너무 가볍지도 너무 화려하지도 않은, 장려하게 가라앉은 내음. 그녀는 저도 모르게 눈을 감고서 그 향기를 음미했으나, 이내 퍼뜩 정신을 차리고 헛기침을 했다.

"흐흠, 좋네요. 혹시 실례가 안 된다면 어디서 사셨는지 물어봐도 될까요?"

하젤린은 원체 후각이 예민해 향수에 관심이 많고 조예가 깊었다. 그런 그녀는 이 좋은 향을 그냥 넘어가기 힘들었다. 이런 향수는 장만해서 집에 놔둬야만 성에 찼다.

"안 뿌렸습니다. 그냥 체취예요."

그러나 세진은 미소를 지으며 고개를 저었다.

"……?"

하젤린이 눈가를 살짝 찡그렸다. 분명 처음 만날 때에는 이런 향기가 없었다. 그때는 무취였는데. 어디서 씨알도 안 먹힐 거짓말을…….

"그렇군요. 체취가 참…… 좋으시네요."

그러나 하젤린은 자본주의 미소를 지을 수밖에 없었다. 지금의 갑을 관계는 확실하니 심기를 거슬러서는 안 되었다.

"예, 감사합니다."

세진이 떨떠름하게 침을 삼키며 대답했다. 하젤린이 어떻게 생각하는지는 대충 짐작이 된다. 허언이라고 생각하겠지. 그러나 이건 세진도 어쩔 수 없었다. 늑대의 향기라는 패시브는 활성, 비활성화가 안 되는 스킬이니.

"하핫, 그럼 서론은 이쯤 해도 될까요?"

김세진이 고개를 끄덕이자 하젤린이 서랍에서 종이를 하나 꺼냈다. 아무것도 적히지 않은 평범한 A4 용지였다.

"뭐죠?"

"어제 통화할 때 말했던 거예요."

하젤린은 그렇게 말하며 펜을 건넸다. 참고로 세진은 바로 어제 팔찌형 TV와 집전화를 연동할 수 있다는 사실을 깨우쳤다.

"원하시는 약재들, 다 적어주세요. 저희가 모두 구해드릴게요. 뭐 사람의 심장이나 검치대호의 검치 이런 것 말고는 한 달이면 다 가능해요. 원래 약재를 유통하는 것도 알케미 하우스의 역할이거든요. 아, 부담은 안 가지셔도 돼요. 공짜가 아니라 돈 주고 사셔야 해요. 근데 저희는 원가로 드릴 수 있죠. 시중보다는 거의 절반 가까이 싼 가격일 거예요."

"아, 예. 감사합니다."

세진은 펜을 잡고 뭘 쓸지 고민하다가 문득 하젤린의 책상 위에 놓인 홀로그램 화면을 바라보게 되었다.

보름달을 등지고 있는 흑색 늑대의 모습 방송국에게 일부러 서비스 겸 찍혀준 장면이었다.

그때는 괜히 기분이 센치해지는 밤이었기에 홧김에 벌인 일이었는데…… 한낮에 직접 보니 얼굴이 다 화끈해져 왔다.

"아, 영물은 안 됩니다."

그러나 그런 눈빛을 하젤린은 잘못 이해했는지 단호한 표정으로 검지를 좌우로 흔들었다.

"영물 사냥은 도의적이든 법률적이든 금지예요. 영물은 거주하는 지역과 연관이 깊을지도 모른다구요? 만약 저 늑대를 잡아버리면 산사태가 나서 대재앙이 펼쳐질지도 몰라요."

과거 현무를 사냥할 때도 그랬다. 현무가 사망하자, 구심점을 잃은 바닷속의 마나가 갑자기 폭주하여 동중국해에 거대한 쓰나미가 몰아쳤었다.

"그럼요. 절대 아닙니다. 저렇게 멋진 늑대를 죽여선 안 되죠."

그가 웃음을 삼키며 천연덕스럽게 너스레를 떨었다. 그러자, 김세진이 저 늑대라는 사실을 당연히 모르는 하젤린은 홀로그램 화면을 바라보며 말을 이었다.

"예, 뭐. 멋지긴 하죠. 괜히 듬직해 보이는 자태도 그렇고, 사람을 도와준다는 매력적인 면도 그렇고. 근데 저는 뭣보다 보름달을 닮은 눈동자가 가장 마음에 들더라고요. 요즘 SNS에서 여자들이 난리 부릴 만해요. 사실, 저도 프로필북에 공유해 놓았어요. 아, 혹시 프로필북 하세요?"

"흐흡…… 아, 아뇨. 저 그런 건 안 합니다."

히힛 웃으며 말하는 하젤린의 모습에, 결국 그의 입술 사이로 기묘한 미소가 새어 나왔다. 하젤린이 의문 가득한 눈동자로 그를 바라봤지만 세진은 아무것도 아닌 척 종이에 글자를 적어갔다.

'고블린의 선의'는 검치가 아니면 불가능하니, 다른 포션을 만들기 위한 약재를 적었다. 이름도 생각해 두었다. 신체의 위력을 강화시켜 주는 건 '고블린의 분노' 등등…….

"이렇게만 구해주시면 감사하겠습니다."

세진이 약재가 적혀진 종이를 내밀자 하젤린은 안 보는 척하면서도 한 글자씩 샅샅이 살펴봤다. 약재 자체는 기존의 연금술사와 다른 점 없이 평범하다.

"네, 그럼 이대로 구해서 나중에 연락드릴게요. 그리고…… 혹시 괜찮으시다면 이번에 만드는 포션도 저희와 함께……?"

"예, 그러도록 하죠."

김세진이 한 치의 망설임도 없이 대답했다. 어차피 인간일 수 있는 시간은 하루에 두 시간뿐이니 다른 곳으로 옮기지도 못한다.

"와, 정말요? 속전속결이시네요. 보통 다른 연금술사들은 미적거리게 마련인데 연금술사님은……."

"김세진입니다."

그는 그렇게 말하며 하젤린의 눈을 바라보았다. 보석 같은 눈동자는 갑작스러운 자기소개에 놀라고 있었다.

"종족은 인간이죠."

세진이 그녀에게 손을 건넸다. 하젤린은 잠시 그 손을 멍하니 바라보다가 이내 미소를 지으며 붙잡았다.

"네, 김세진 연금술사님. 저희 '요선 알케미하우스'를 선택하신 것, 후회하지 않도록 최선을 다하겠습니다."

악수를 마친 세진과 하젤린은 동시에 자리에서 일어났다.

"점심시간인데 식사는 하셨나요?"

"네, 했습니다."

"그럼 어디 같이 가셔서…… 네?"

김세진의 말에 하젤린은 잘못 들었다는 듯 고개를 갸웃했다.

엘프인 그녀는 이런 종류의 거절이 익숙하지 않았다. 게다가 '남자'의 거절은…… 단언컨대 평생 처음이었다. 그것이 완곡한 거절이라고 하더라도.

"점심은 이미 먹었습니다."

"이, 이제 12시인데요?"

"제가 좀 빨리 먹는 편이라서요. 죄송합니다."

그는 그 나름대로 그럴 수밖에 없는 이유가 있었지만, 하젤린은 충격을 받은 듯 잠시 눈만 깜빡거리다 마지못해 고개를 끄덕였다.

"아, 예. 뭐, 예. 뭐…… 그렇죠. 그럴 수도 있지. 그럴 수
도 있죠……."

"예, 나중에 시간되면 같이 먹어요. 그럼 저는 이만."

그의 마지막 말이 결정타였다.

하젤린이 멍하니 입을 벌렸다. 도저히 이게 지금 무슨 상
황인지 이해가 가질 않았다.

'나중에 시간되면 같이 먹어요.'는 주로 이런 말을 하는 쪽
이었다. 듣는 쪽이 아니라. 도저히 적응이 안 될, 달갑지 않
은 충격이었다.

그녀는 문밖으로 나가는 세진의 뒷모습을 멍하니 바라
보다가 의자로 무너져 내렸다.

"……."

그렇게 하젤린은 거의 10분 동안이나 영혼이 빠져나간 채
있었다.

쿵쿵─

그러다 문득, 그녀는 코를 쿵쿵거리며 주변의 냄새를 맡
았다.

냄새가 사라져 있었다. 왠지 아쉬웠다.

쿵쿵─

그녀는 마치 자신이 수인이라도 된 것 같은 착각이 들었지
만 어쩔 수 없었다. 콧속에 모호하게 남아 아른거리는, 이제

는 사라진 냄새가 그리워졌다. 고작 10분 전에 떠났을 뿐인데도.

"그냥 물어볼 걸……."

냄새 때문에 사람이 그리워질 정도면, 참 좋은 향수다.

이 정도면 무안을 줘서라도 어떤 향수인지 물어봤어야 했다. 그녀는 나지막한 회한을 읊조렸다.

킁킁―

그 이후로도 몇 번이나 더 코를 킁킁대던 하젤린은 어느 순간 인터넷에 '남자 향수'를 검색하고 있는 자신을 발견할 수 있었다.

시내로 나온 세진은 그저 거닐기만 해도 영물 늑대의 이야기를 심심찮게 엿들을 수 있었다. 학생들, 기사들, 마법사들. 강원도의 시민들은 저마다 늑대에 관한 이야기를 한 번씩은 했다. 영물 늑대의 이야기는 제멋대로 살점이 붙어가고 있었다.

인간으로 있을 수 있는 시간이 조금 여유로워진 세진은 정식 절차를 이용하여 몬스터 필드로 들어가 입구에 있는 대합실에 도착했다.

기사와 사냥꾼이 사냥에 앞서, 혹은 사냥 후에 잠시 휴식을 취하는 곳.

원래부터 조용하다고는 말할 수 없었던 이 대합실은 영물에 관한 내용을 취재하러 온 기자들까지 뒤섞여 시끌벅적했다.

"아! 지금 생각해 보니까, 고놈의 울음이 앞에는 위험한 몬스터가 있으니 가지 말라~ 이런 뜻이었다니까? 괜히 그때 울음소리가 싸해서 돌아간 게 천만다행이었어."

"그렇다면 사냥꾼님도 이 영물 늑대를 보신건가요?"

"……아? 아~ 보진 못했지. 근데 내 이 귀로 똑똑히 들었다니까! 아우- 하고 우는 거. 자네도 알잖아? 요 몬스터 필드에 사는 늑대들은 안 우는 거. 궁께, 내가 이거 조금 깊게 들어간 거 아닌가~? 싶을 때 딱 울어 젖히더라고. 난 놀라서 퍼뜩 튀어나왔지."

"그럼 영물 늑대가 그 이전에도 사람에게 도움을 줬다는 말이군요.

"아 고러치. 그놈이 여간 영특한 게 아니라니까? 어! 저 있는 저 남자가 그때 그 갈색 늑대한테 도움을 받았던 사냥꾼인데, 어이 태조 양반! 일로 와봐! 여기 기자님이……."

그 모든 대화를 들으며 세진은 잔잔한 미소를 지었다.

아무래도 관심을 받고 싶어 하는 몇몇 사람의 허풍과 거짓말이 합쳐져서 이 소문의 열기는 조금 오랫동안 지속될 것 같았다.

6장
야수의 마나석

차가운 돌바닥 위에서 눈을 떴다.

저 멀리 숲속의 사냥꾼들이 보였고 새들이 지저귀는 소리가 어지러웠다. 늑대는 좀 더 멀리 보고, 좀 더 많이 들을 수 있었다.

나는 자리에서 일어났다. 검은색 네 다리가 움직였다.

어느새 수족을 움직이기보다 사족을 움직이는 게 익숙해진 느낌이 들었다. 그에 갑자기 욕지기가 치밀어 올랐다.

인간으로 있을 수 있는 시간은 하루에 두 시간. 하루에 고작 두 시간 인간으로 있을 수 있다면 나는 인간이 아닌 게 아닐까…….

그런 불안감에 나는 퍼뜩 몸을 일으키고서 인간폼을 취

했다.

내 두 발을 내 눈으로 바라보며 내 두 손으로 내 얼굴을 매만진다. 그대로였다. 정말 다행이다. 눈가에 눈물이 스몄다.

잠에서 깨어나는 아침이면 특히나 힘들었다.

혹시 지금이 꿈이 아닌가 항상 의심하게 된다. 꿈이었으면 좋겠다고 항상 바라곤 한다.

몬스터로 살아간다는 건 많은 고통이었다. 이빨에 남아 있는 살점과 진한 혈향, 메이스로 생명체를 통째로 짓이겼던 감각. 그 모든 것이 적응될 리 없다. 단지 그것들은 나를 마모시켜 갈 뿐이었다.

"하아……."

깊은 한숨을 내쉬었다. 그러나 답답함과 불길함은 쉽게 가시지 않았다.

유난히 탁한 회백색의 아침 하늘이 나를 우울하게 만들었다.

나는 이 우울함을 달래기 위해 초소형 TV를 켰다.

위잉-

홀로그램이 동굴의 한쪽 벽면으로 넓게 퍼져 올랐다.

"헥, 헥, 헥……."

오크 재규어는 무언가로부터 도망치고 있었다.

투쟁심과 호승심으로 똘똘 뭉친 오크가 도망간다? 말이 안 되는 소리였다. 그러나 이 오크는 수풀이 스치는 소리에도 공포를 느끼고 있었다.

늑대의 냄새, 포식자의 진한 내음이 그 용감한 오크마저도 겁을 먹게 만들었다.

오크가 눈동자를 굴려 뒤를 살펴보았다. 보이는 건 아무것도 없었다. 그러나 빌어먹을 냄새가 여전히 남아 있었다. 오크는 필사의 힘을 다해 발을 구르고 또 굴렀다.

─아우──!

하늘 드높이 울리는 부르짖음, 그 마력에 젖은 하울링이 오크의 발을 움켜쥐었다. 몸의 근육 전체가 공포에 절어 마비된 느낌이었다.

죽음을 직감한 오크는 고개만을 뒤로 비틀자⋯⋯ 칠흑의 늑대가 거대한 그림자를 드리우며 달려들었다.

"크엑."

단번에 목이 물린 오크는 유별난 비명 따윈 없이 단말마와 함께 그대로 절명했다.

"크릉."

코를 푼 늑대는 날카로운 손톱으로 오크 사체의 심장을 꿰뚫었다. 단단한 손톱이 물컹한 심장을 넘어 어떠한 딱딱한 물체에 부딪히자 늑대는 눈을 감았다.

그러자 신비한 일이 벌어졌다.

오크의 심장에 찔러 넣은 손톱에서부터 푸른 기운이 일렁이며 솟아오르더니, 이내 서서히 이동해 늑대의 전신을 희미하게 뒤덮었다. 그렇게 몸 주변에서 아른거리던 푸른빛은 곧 늑대의 몸 안으로 흘러들어 갔고, 늑대는 만족한 듯 눈을 떴다.

[오크 재규어의 하급 마나석을 흡수하셨습니다.]

－근력과 지구력이 0.5 상승합니다.

－민첩력이 0.2 상승합니다.

－기력이 0.05 상승합니다.

－앞으로 ??개 더 흡수하면 오크 재규어의 고유한 스킬을 습득할 수 있습니다.

'꽤 많이 주네. 덜 성장했다고 한들 오크 재규어라 이건가?'

흑색 늑대, 세진은 비릿한 미소를 지었다.

아주 우연하게 발견한 마나석의 활용 방법이었다. 계기는 어이없을 정도로 우연이었다.

지금으로부터 10일 전. 세진은 동굴에 있는 TV를 통해 어떤 다큐멘터리를 보게 되었다.

그 다큐멘터리는 식탐의 트롤이나 투헤드 오우거 같은 일명 '포식자 몬스터'들이 도대체 어떤 이유로 다른 몬스터들을 섭취함으로써 강해지는지, 그 이유를 설명하고 있었다.

막바지에 전문가들이 내린 결론은 '놈들의 특이한 소화기관이 다른 몬스터의 마나석을 흡수한다'라는 것이었다.

그에 세진은 괜히 호기심이 동했고, 그는 팔기 위해 동굴에 놔둔 최하급 마나석을 한번 집어삼켰다.

한데 그와 동시에 알림창이 떠올랐다.

[조건 완료: 마나석 섭취]

▶패시브 스킬 '성장형 몬스터'를 습득하셨습니다. [숙련도:F등급]

-몬스터의 마나석을 접촉함으로써 몬스터 능력의 아주 일부를 흡수할 수 있습니다.

-숙련도가 올라갈수록 더욱 많은 능력의 흡수가 가능합니다.

이건 마치 잭팟을 터뜨린 기분이었다. 세진은 그 즉시 동굴에 놔둔 10여 개의 마나석을 모두 집어삼켰다. 각 능력치는 6 정도 올랐으나, 가장 중요한 기력은 0.6 증가한 게 고작이었다.

그래도 실망하지 않았다. 기력을 올릴 수 있는 한 가지 방법을 발견했으니.

그 이후로는 정말 사냥에 열중했다. 하루에 최소 7~8마리의 몬스터를 사냥하고 마나석을 흡수했다.

몬스터가 강하면 강할수록 능력치가 더 많이 올랐고, 어떤 능력치가 오르는지는 몬스터에 따라 달랐다. 몬스터의 특질에 따라 오크라면 근력을, 늑대라면 민첩력을, 고블린이라면 마나 친화력과 마력을 중점으로 올려주었다.

그렇게 사냥에 열중하길 10일.

▶능력치

-[근력 49] [지구력 48] [민첩력 63][기력14]

-[마나 친화력 9] [마력 9] [운 8]

-[흑색 늑대: 근력과 지구력이 26만큼 상승하고, 민첩력이 40만큼 상승한다. 인간 형체를 취할 시 효과가 1/3배 적용된다.]

드디어 세진은 오크 재규어까지 이렇듯 쉽게 잡아낼 수 있을 만큼 성장했다. 물론 이놈은 아직 성년이 되지 않은, '재규어 생도'라 부를 만한 송사리지만.

'이제 진화만 하면 되는데.'

세진이 한숨을 내쉬었다. 늑대의 입은 푸르릉- 하고 숨을 뱉었다.

그가 알고 있는 바로는 혹은 세간에 알려진 바로는 이 몬스터 필드에 살아가고 있는 늑대 계열의 몬스터 중 가장 강력한 몬스터가 바로 이 흑색 늑대다.

그러니까 여기서 한 번만 더 진화하면 라이칸스로프 혹은 웨어울프가 될 수도 있다는 이야기다.

참고로 웨어울프와 라이칸스로프의 차이점은 어느 정도 명확하다.

웨어울프는 야수다. 그러나 라이칸스로프는 뱀파이어, 인간, 수인, 엘프처럼 '사람'이다.

웨어울프는 그 능력으로 인해 '인간'이 될 수 있지만, 그 본질은 몬스터다. 라이칸스로프는 그 능력으로 인해 '늑대인간'이 될 수 있지만, 그 본질은 사람이다.

어쩌면 세진은 라이칸스로프보다 웨어울프가 더 어울릴지도 모른다. 그의 특성은 종족 자체가 '몬스터'로 변하는 것이니.

하지만 웨어울프는 라이칸스로프에 비해 터무니없이 약하다. 라이칸스로프는 전설로 남았으나, 웨어울프는 그저 희귀한 몬스터 수준으로 남은 것을 보면 알 수 있다.

그러나 둘 중 어느 것이 되었든 세진은 상관이 없었다.

이 빌어먹을 시간 제약 없이 하루를 온전히 인간으로 있을 수만 있다면.

그는 그것만으로 행복할 터였다.

타닥타닥.

마치 강아지가 돌바닥을 걷는 것 같은 소리를 내며 세진은 동굴로 돌아왔다.

인간폼을 취한 그는 초소형 TV를 꺼내 잘 보이는 곳에다 놓고 돌침대에 누웠다.

요즈음의 유일한 여가 생활이었다. 사냥을 마치고, 온몸이 나른하고 쑤시는 상태에서 TV를 보며 하루를 보내는 것.

이것은 지금 그가 할 수 있는 유일하게 '인간다운' 취미였기에, 그는 아무리 재미없는 프로그램만 나오더라도 자기 직전까지는 TV를 봤다.

─오늘 오후 대통령…….

이런 건 재미없으니 넘긴다.

─하…… 개벽 기사단에 인재가 이렇게 없나? 밥 짓는 것도 제대로 못해?

─죄, 죄송합니다. 제가 이런 건 익숙지 않아서…….

외딴 섬에 가서 하루 세 끼를 직접 해먹는 프로그램. 전혀 40대 중반으로는 보이지 않는, 차가운 미남으로 유명한 톱스타 '이선재'가 '김시열'이라는 중급 기사를 타박하고 있었다.

—근데 요즘 기사단은 뭐 하냐? 근 5년간 몬스터가 도심을 습격하는 일은 없지 않았냐?

—예, 그렇죠. 저희는 그…… 균열에만 열중하고 있습니다.

—그래? 근데 너는 여기 나온 거 보니까 정말 할 일 없었나 보다야.

멍청한 표정으로 일도 제대로 못하고 얼타는 김시열과 계속해서 쿠사리를 넣는 이선재의 조화는 꽤 볼만했다. 깨알 웃음이 터지는 부분도 많았고.

'……나도 TV에 나올 수 있을까?'

그렇게 웃으며 TV를 보던 세진은 문득, 이런 이상한 생각이 들었다.

고아로 꿈도 희망도 없이 살아왔던 21년의 생애, 아무리 젠장 맞다 한들 '힘'을 얻게 되니 이런 생각을 하게 됐다. 많은 사람에게 사랑을 받는 그런 생각.

요즈음 기사나 사냥꾼은 TV 연예와 그다지 간극이 멀지 않다. 애초에 사냥꾼, 기사만 출현하는 프로도 있을 정도라, 기사는 중급, 사냥꾼은 상급이 되면 충분히 유명해질 수 있다.

'뭐……'

얼마 지나지 않아 현실을 직시한 세진은 고개를 거세게 휘

저으며 이뤄질 리 없는 환상을 털어냈다. 그러곤 곧바로 채널을 돌렸다.

　-오늘 오후 3시. 강북구 쪽 균열에서 몬스터 '웨어울프'가 출몰했다는 소식이 전해졌습니다.

　"크르렁!"
　그리고 그 뉴스를 들은 즉시 세진은 황급히 몸을 일으켰다.

　-이제는 전설로 남은 '라이칸스로프'와는 비슷하지만 전혀 다른 웨어울프는 근 30년간 한 번도 출몰하지 않았던 희귀한 몬스터인데요. 이 웨어울프가 나타난 강북구의 균열을 정리한 칠흑 기사단에서는 웨어울프의 사체로는 장비를 만들고, 마나석은 경매에 붙일 거라 말했습니다.

　"그르르렁!"
　마나석, 그 말을 듣는 순간 세진은 홀로그램 속으로 들어갈 기세로 뛰쳐나왔다.

　-이 '웨어울프의 마나석'을 포함한 균열에서 나온 전리품들의 경매는 다음 주 화요일 오후 1시부터 서울 세빛섬에 위

치한 '현월 경매장'에서 개시될 예정입니다. 웨어울프의 마나석은 비록 중상급이지만, 그 희귀함을 탐내는 수집가가 많아 최소 20억에서 최대 40억 수준의 가격으로 낙찰될 거라 예상…….

"안 돼! 뭐가 그렇게 비싸!"

세진은 순간 너무 흥분해 저도 모르게 인간폼으로 변해 소리쳤다.

돈! 돈!

정말 순식간에, 그 여느 때보다 돈이 필요해졌다.

물론 저 마나석을 흡수한다고 해도 아무런 변화가 생기지 않을지도 모른다.

그러나 '가능성'이 있다.

그것만으로도 지금 사무치도록 절박한 세진에게는 전 재산을 걸 가치가 있었다.

"돈!"

그는 크게 소리치며 자리에서 일어났다.

손톱까지 깨물며 초조하게 동굴 안을 배회하길 10분.

머릿속에는 계속해서 앵커의 목소리가 앵앵 맴돌았다.

최소 20억에서 최대 40억 수준으로 낙찰될 거라 예상…….

최소 20억에서 최대 40억 수준으로 낙찰될 거라 예상…….

'돈이 부족해.'

세진은 아랫입술을 꽉 깨물었다.

그러다 문득 초소형 TV의 연락 기능이 눈에 들어왔다.

최근 통화 목록에는 오직 한 사람, '하젤린'의 전화번호. 고작 두 번 본 사이다. 게다가 빌려야 하는 최소 금액은 20억.

도저히 이성이 있는 사람이라면 전화를 해서는 안됐다.

그러나 그의 벌게진 눈과 절박한 심경 속에 이성 따위는 이미 폭사한 지 오래다.

뚜우- 뚜우-

수화음이 울릴수록 그의 호흡이 거칠어졌다.

그는 이 기회를 놓치고 싶지 않았다. 웨어울프의 마나석. 30여 년 동안 한 번도 출몰하지 않았던 희귀한 몬스터. 놓치면 두 번 다시 기회가 없을지도 모른다.

-네, 요선 알케미하우스의 책임자…….

"하젤린 님! 저 김세진입니다!"

다짜고짜 이름부터 부르는 세진의 다급한 목소리에 하젤린은 당황하며 대답했다.

-아, 예 김세진 연금술사님. 무슨 일이세요?"

"저, 정말 죄송하지만. 단도직입적으로 하나만 부탁해도 되겠습니까?"

-예에? 갑자기 무슨…… 아, 네. 가능하죠. 연금술사님의 부탁이라면.

그러나 하젤린은 태연하게 대답했다. 별거 아닐 거라 생각했겠지.

아니, 그녀는 오히려 별게 맞더라도 세진에게 빚을 지우면 앞으로의 관계 형성에 더욱 좋으니 괜찮다고 판단했을지도 모른다…….

"돈 좀 빌려주시면 안 될까요? 열심히 일해서 포션으로 꼭, 꼭 갚겠습니다."

그리고 실제로 그게 맞았다. 그는 하젤린으로부터 엄청난 빚을 지기를 간절히 원했다.

─……네?

얼빠진 소리 한 토막이 수화기 너머에서 흘러나왔다.

"갑자기 무슨 말이에요? 일단 진정, 심호흡 크게 하시고 나서 말해보세요. 저, 어디 도망 안 가요."

하젤린이 조심스레 타이르듯 말했다. 이유는 모르지만, 지금 통화하는 연금술사는 저번 만남과는 달리 많이 다급하고 갈급해져 있었다.

다행히 세진은 그녀의 말을 잘 따랐다.

후우─

깊게 숨을 내쉬고 들이마시는 소리가 1분여간 들리고, 그제야 조금 진정된 목소리가 들려왔다.

─꼭 구해야 하는 물건이 생겼습니다. 아직 포션 대금이

안 들어온 걸로 알고 있습니다. 게다가 지금 제가 만들어 놓은 포션이 열 개 정도 됩니다. 그 대금을 받지 않을 테니, 물건 하나만……

"네? 열 개나 만들어 놓으셨다고요?"

세진은 너무나도 다급했지만, 하젤린은 다른 부분이 더 신경 쓰였다.

그때 이후로 고작 얼마나 지났다고 포션을 열 개나?

물론 하나하나가 그때처럼 상등급의 포션일 거라는 기대는 아니다.

만약 그렇다면 이 남자는 연금술 그 자체일 테니까.

그래도 고작 한 달도 지나지 않아 포션 열 개라니, 각각 중하급 이상만 되어도 거의 공방 수준이다.

한 명의 연금술사, 그것도 '인간'이 하나의 공방과 동등하다니, 참나 누가 들으면 지독한 농담이라고 생각할 정도로 난센스다.

─예, 열 개 정도 있습니다. 효험은 제가 확신합니다. 일신의 위력을 증폭시켜 주는 포션과 '고블린의 선의'의 열화판이라 말하라 수 있는 회복 포션, 그리고 속성 저항 포션……

"예, 예? 잠깐, 방금 뭐라고요?!"

순간 하젤린이 벌떡 일어났다. 이제 조급한 건 그녀의 차례였다. 포션을 열 개나 만들었다는 것도 이해를 못 할 지경인데, 마지막 문장 '속성 저항력' 그것이 문제였다. 그것은 이미 사멸한 포션이었다. 정확히는 제조법의 사멸.

약 60여 년 전, 세계의 균열을 넘어 지구로 이주해 온 '최초의 연금술사' 중에서 '로데스'라는 일가가 있었다.

일명 '로데스 패밀리' 이들의 연금술은 압도적이었고, 이 일가의 연금술은 현대 연금술의 전신과도 다름없었다.

여타 연금술사들처럼 폐쇄적이었던 이 로데스 패밀리는 제조법을 그 누구와도 공유하지 않았다. 그렇기에 오직 로데스만 만들어낼 수 있었던 포션이 많았는데, 그중 하나가 바로 '속성 저항 포션'이었다.

그러나 지금으로부터 약 30여 년 전, 로데스 패밀리는 어느 순간 그 자취를 감춰 버렸다. 원래부터 없었던 것처럼. 로데스가(家)가 지닌 모든 포션 제조법들은 그 실종과 동시에 절멸했다.

로데스는 지구 연금술계에 깊은 족적을 남겼고, 그들을 제외한 현대 연금술계의 역량으로는 결코 해결할 수 없는 미스터리 또한 동시에 남겼다.

그들은 연금술사들에게 항상 영감을 전해주던 우상이자 동경이었고, 커다란 동기였으며, 이제는 하나의 전설이 되었다.

그러나 지금, 그 '로데스'만이 만들어낼 수 있었던 포션을 한 남자 연금술사가 제조해 냈다고 말한다…….

"자자자, 잠깐만요. 뭔 포션이요? 속성 저항력?"

─······예, 그렇습니다.

그 덤덤한 대답에 하젤린은 순간 기절할 지경이었다. 당장에라도 찾아가 그 포션의 진위를 확인하고 싶었다.

"어, 어떻게요? 아니, 지금 어디세요? 제가 찾아갈 테니까······!"

─아뇨, 그건 좀 곤란합니다.

세진은 하젤린의 유별난 반응에 일단 조심스럽게 반응했다.

그러나 하젤린은 지금 답답해서 미칠 지경이었다. 이건 이상함을 넘어 말이 안 되는 수준이다.

수많은 연금술사, 심지어 하젤린까지 그 '속성 저항'에 단체로 도전했었다. 근 5년 전에 열린 '대연금술 회합'의 목적이 그것이었다. 로데스의 실종 이후 소실된 포션들의 재생산.

총 5가지가 있었는데, 그중 하나가 속성 저항이었다.

그러나 연금술사들의 주도가 아닌 '기사단'의 주선으로 인해 성사됐던 그 회합은 포션의 배합법은커녕, 재료의 실마리조차 알아내지 못한 채 해산했다. 남긴 건 연금술사들의 서로를 향한, 그리고 기사단을 향한 그득한 불신뿐이었다.

"······아, 아뇨, 세진 씨가 정말 속성 저항을 만드셨다면······ 일단 만나요. 이건 만나서 얘기해야 해요! 제, 제가 갈게요. 어디세요?"

그 당일 두 사람은 요선 알케미하우스에서 만났다.

"중급. 딱 중급 정도 되겠네요."

하젤린이 포션병에 담긴 주홍빛 액체를 살펴보며 말했다.

그녀는 지금 호흡이 가빠올 정도였다. 17년의 연금술사 경력으로 확신할 수 있다. 도감에서 봤던 '로데스 속성 저항 포션'의 모습과 흡사하다. 이건 속성 저항이 확실하다.

비록 등급이 '중급' 수준이라 낮긴 하지만 기사단은 눈에 불을 켜고 이 물건을 탐낼 것이다. 중상급 이상 몬스터들의 속성공격이 여간 까다로운 게 아니기에.

물리적 피해는 갑옷이 있으니 괜찮은데, 드래곤 터틀이나 와이번처럼 불이나 얼음을 뿜을 경우에는 갑옷이 맨살을 모두 보호할 수 없어 오직 '마나 강기'로 버텨내야 한다.

그러나 상급 기사 이상이 아니면 그 압도적인 마나 소모량을 감당하기 힘들다. 그 대단하다는 '고위 기사'조차 회복 포션이 없으면 속성공격을 하는 몬스터를 대적하기 꺼려 할 정도니.

그러나 이 '속성 저항' 포션이 있으면 말이 크게 달라진다. 오직 특등급 몬스터를 토벌하기 위한 포션. 로데스 패밀리의 기준에 따르면, '중급'은 속성피해를 절반가량 감량할 수 있다. 그 정도만 돼도 상급 기사는 마나 강기에 할애하는 마나량을 줄일 수 있어, 좀 더 수월하게 몬스터를 토벌할 수 있다.

"이 포션을…… 혼자서 만드신 거라구요?"

"예. 제조하기 어려워 두 개밖에 못 만들었습니다."

세진이 고개를 끄덕였다. 이 속성 저항 포션은 배합법이 아주 까다로웠다. 재료가 이십여 개나 들어가는 것은 물론, 그 배합도 대단히 세심해야 했다. 고블린의 손재주로도 몇 번 실패했을 정도니.

그가 일부러 이 포션을 만든 이유도 '고블린의 손재주'의 숙련도를 올리기 위해서였다. 포션 제조에 성공하는 것보다 실패하는 것이 더 많은 숙련도를 줬기에.

"……."

그러나 서로 이 포션을 보는 시각은 극단적으로 달랐다.

'두 개밖에'라니, 순간 하젤린은 잠시 할 말을 잃었다.

앞에 있는 남자의 정체가 절실하게 궁금해졌다. 어떻게 이미 오래전에 사멸된 제조법을 오직 혼자서 재현해 낼 수 있었는지. 도저히…….

'혹시 그 스승이란 사람이?'

하젤린의 머릿속에 전구가 반짝거린 건 그때였다.

로데스는 그 자취를 순식간에 감췄다. 누구는 앙심을 품은 연금술사에게 살해당했다고, 누구는 원래 있었던 이계의 고향으로 돌아갔다고 말했다. 그러나 모두 그저 소문일 뿐이다. 확실한 건, 그저 어느 순간 먼지처럼 사라졌다는 것뿐.

혹시 그들이 사라진 이유가 연금술에 염증을 느낀 것뿐이라면…….

충분히 말이 되는 이유다. 로데스 일가는 그 어떤 연금술사들보다 큰 기대와 많은 주문을 받았고 그것은 그대로 부담감과 중압감으로 직결되었을 테니.

꽤 이름을 날린 연금술사가 연금술에 질린다면 그들의 진로는 둘 중 하나다.

후학을 양성하거나, 하젤린처럼 알케미하우스의 책임자가 되거나.

그러나 로데스는 결단코 후자가 아니다!

"……흠. 어쨌든, 그 부탁이란 게 뭔가요?"

머릿속의 논리가 제 아귀를 딱딱 찾아가며 급속히 전개되었지만, 하젤린은 애써 태연을 가장하여 물었다. 연금술사들은 사제관계를 그 무엇보다 중시 여긴다. 굳이 확실치 않음에도 민감한 주제를 건드려서 관계를 파탄낼 필요는 없었다.

"혹시 '웨어울프의 마나석'이라고 들어보셨습니까. 오늘 오전에 나온 이야기입니다."

세진 또한 애써 태연을 가장하며 말했다. 최소 20억, 최대 40억. 그러나 최대 가격인 40억으로 낙찰이 예상된다. 절반 정도 남아 있는 검치를 사용해 다시 상등급 포션을 만들어 판매한다 하더라도 대금이 들어오기까지의 기간은 최소 한 달 이상이라고 했다.

그러니 지금, 웨어울프의 마나석을 구매하기 위해선 하젤린의 도움이 필수다.

고작 세 번 만난 사이지만, 세진에게는 기댈 구석이 그녀이외에는 없었다. 게다가 그는 어떠한 자신감이 있었다. 고블린 수준으로 포션을 제조하는데, 그 어느 누가 단호하게 거절할 수 있겠는가.

"아. 예. 봤어요. 근데 그건 왜…… 설마?"

"네, 저는 그걸 꼭 구하고 싶습니다. 근데……."

돈이 없네요.

세진은 차마 말을 꺼낼 수는 없었다. 대신, 현물이나 다름이 없는 포션 열 개를 그녀에게 디밀었다.

"……."

하젤린은 그 포션들을 바라보며 두뇌 계산기를 두드렸다.

속성 저항 포션. 중급이라 상한가는 5천만 원밖에 안되지만, 커미션으로는 4억 가까이 받을 수 있다. 회복 포션과는 달리 오직 한 사람만이 복용할 수 있다는 걸 감안하면 정말 엄청난 가격이다.

그 외 다른 포션도 쓸 만했다. 그러나 세금까지 다 떼면, 총합 6억을 못 넘긴다. '고블린의 선의' 판매 대금까지 합치면, 아마 세후 28억쯤. 웨어울프 마나석의 최종 낙찰가가 40억 정도로 추정되는 것에 비하면 12억가량이 부족하다.

그러나 여기에는 그 10억보다 더욱 중요한 플러스알파가 있었다.

앞으로 두 사람, 하젤린과 김세진 간의 관계.

만약 이 남자가 로데스의 후계자라면, 아니, 후계자가 아니더라도 이런 세기의 천재와는 좋은 관계를 유지할 필요가 있다.

'놓칠 수는 없지.'

게다가 지금 그녀는 반쯤 확신하고 있었다.

이 남자는 연금술의 화신, 로데스가의 후계자다. 그게 아니고서는 30년 전에 절멸한 포션을 이토록 완벽히 재현해 낼 수 있을 리가 없다!

"흠……."

하젤린은 지금 이 남자를 만나서 다행이라고 생각했다. 만약 과거에, 그러니까 자신이 아직은 연금술이란 것에 자부심이 넘칠 때, 그때 이 남자를 만났더라면 열등감과 질투심에 무슨 짓을 벌였을지도 모르니까.

"책임지고 구해드릴게요. 걱정하지 마세요. 제가 벌어둔 돈이 조금 많거든요. 이래 봬도 과거에는 꽤 날렸던 연금술사 겸 마법사예요, 제가."

하젤린은 그렇게 말하며 환한 미소를 지었고, 세진의 입가에도 덩달아 깊은 호선이 패였다.

세진이 떠나가고, 홀로 남겨진 책임자실 안.

하젤린은 근 3년 만에 '알케미 카페'에 접속했다. 현직 혹은 전직 연금술사들만이 가입할 수 있는 일종의 직업 카페. 그녀는 여러 이유로 여태까지 접속을 꺼려 했었지만, 오늘 '로데스'에 관한 새로운 정보가 있나 싶어 아주 오랜만에 접속했다.

"……활발하네."

그녀가 중얼거렸다. 로데스는 그 자취를 감춘 지 30년이 지나고서도 여전히 많은 이야기를 남기고 있었다. 로데스 전용 게시판이 따로 있고, 최신 글이 고작 10분 전일 정도로.

그녀는 3년 동안 쌓인 글 중에, 'VVIP' 권한이 필요한 게시글만을 모조리 정독했다. 그러나 도움이 되는 것은 별로 없었다.

"……괜히 눈만 버렸네."

하젤린은 별다른 소득 없이 접속을 종료했다.

서울의 세빛섬에 위치한 '현월 경매장'은 세계 최대의 경매장 중 하나로 그 명성이 드높고, 그만큼 경매 물품의 수준이 높은 걸로 유명하다. 서울 소재 기사단들이 몬스터를 토벌함으로써 획득한 '진귀한' 전리품과 각 지방의 대장간에서 올라

오는 여러 장비 중에서도 고유한 이름이 있는 '명품'들만이 경매 물품으로 선정될 정도다.

그리고 하젤린은 거의 5년 만에 이 현월 경매장에 오게 되었다.

굳이 감회가 새롭지는 않았다. 오히려 많은 사람과 오가는 소음들을 견뎌낼 생각에 욕지기가 먼저 치밀었다.

'여전히 쓸데없는 돈 잔치네.'

마치 선상 파티처럼, 섬 위에 지어진 경매장에서는 화려한 빛무리가 피어올라 밤하늘을 수놓고 있었다.

"어서 오십시오."

직원이 허리를 절도 있게 숙이며 하젤린을 맞이했다. 현월 경매장의 직원들은 모두 하젤린이 걸친 로브의 진가를 알아볼 수 있을 만큼 좋은 눈썰미를 가지고 있었다.

하젤린이 준비해 온 VIP티켓을 건네자, 카운터의 직원이 입찰을 위한 초소형 PC와 번호표를 그녀에게 주었다.

77번. 왠지 기분 좋은 숫자다. 하젤린은 그나마 만족하며 경매장 본관으로 들어갔다.

"……세진 씨, 듣고 있으시죠?"

그녀는 왼 손목에 맨 팔찌에 대고 어딘가에서 듣고 있을 김세진에게 음성을 보냈다. 10초간의 정적 끝에 그의 목소리가 들려왔다.

-예, 듣고 있습니다.

"지금 경매장에 도착했어요. 경매는 아마 3~4시간 정도면 끝날 거고, 다음 날에 물품을 인계받으러 가야 하는데…… 제가 양도증서를 드릴 테니 그건 꼭 직접 받으러 가주세요. 그때도 말씀드렸다시피, 저는 거기까진 못해 드려요."

웨어울프 마나 수정은 칠흑 기사단의 전리품. 비록 현월에서 물건을 위탁받아 경매를 하고 있다 하더라도, 물건을 인계받을 때만큼은 구매자와 판매자(혹은 판매 책임자)끼리 얼굴을 마주 보아야 한다.

그리고 칠흑 기사단의 판매 책임자는 안 봐도 뻔했다. 대한민국에 총 마흔하나밖에 없는 고위 기사 중 한 명, 김유린.

하젤린은 그녀와 얼굴을 마주 보는 건 죽어도 싫었다. 아니, 마주친다면 둘 중 하나가 진짜로 죽을지도 모른다. 그녀는 세진의 부탁을 들어주고자 했지만, 그래도 고작 세 번 만난 사이다. 그를 위해 그런 위험까지 무릅쓰고 싶지는 않았다.

─시간…… 오래 안 뺏기겠죠?

"네, 최대 한 시간 정도일 거예요. 대금은 제가 오늘 즉시 지불할 테니까, 당장 이틀 뒤에 와서 찾아가시면 돼요."

현월 경매장은 낙찰을 위해서는 낙찰가의 절반 이상의 현금을 보유하고 있어야 하고, 낙찰받은 지 사흘 이내에 대금을 입금해야 한다. 대단히 엄격하지만, 신뢰와 신속을 최우선 기치로 삼는 '현월'이기에 어쩔 수 없다.

─……예.

세진의 목소리에 담긴 떨떠름함이 여기까지 느껴졌다. 도대체 왜 이렇게까지 시간에 민감할까 하젤린은 궁금했지만 그저 기다리라 말하고서 연락을 끊었다.

"끙."

하젤린은 로브가 접히는 걸 조심조심하며 지정 VIP 좌석에 앉았고, 시간이 조금 더 지나자 고급 양복 혹은 의류형 갑옷을 입은 사람들이 우후죽순 들어오기 시작했다.

그 많은 인파에 하젤린의 머리가 어지러워질 때쯤 경매가 시작되었다.

"신사 숙녀 여러분, 반갑습니다!"

훤칠하니 잘생긴 경매사가 참가자들을 반겼다. 그는 오늘 경매할 물품들을 가볍게 소개하고는 식전 행사 따위 없이 본격적인 경매를 시작했다.

"먼저 첫 번째 물건, 도메니크의 목걸이! 착용자의 마나 순환에 도움을 준다는 엄청난 목걸이입니다."

보통 장비 앞에 제작자의 이름이 붙거나, 장비가 고유의 이름을 가지고 있다면 그 장비는 '명품'이다.

장비의 이름은 법률로 규격화 · 제도화되어 있기 때문이다. 대량생산품은 물론, 수제로 만들었다 하더라도 국가로부터 인정받지 못하면 그 장비의 이름은 무조건 원자재와 그

카테고리가 들어가야 한다. 예를 들어 '철로 만든 메이스', 이런 식이다.

하나 여기서 조금 더 발전해서 '직공'이 되면 장비 이름 앞에 단단한, 견고한 이라는 수식어를 붙일 수 있다.

그다음은 '장인'. 장인쯤 되면 국가가 장비의 이름에 어느 정도의 자율권을 부여한다. 그래서 장인은 지금 '도메니크의 목걸이'처럼 장비 앞에 자신의 이름을 붙일 수 있다.

마지막으로 '명인'. 제련·제조에서 정점에 준하는 경지에 다다르게 되면, 국가로부터 명인이라는 칭호를 부여받아 '장비 이름 자유 명명권'이라는 최고의 영예를 움켜쥘 수 있다.

그 영예를 거머쥔 명인은 장비의 이름을 어떠한 제한도 없이 지을 수 있기에 명인이 만든 장비는 그 목적과는 하등 관련 없는 이름이 많다. '태백의 부름', '로데스의 이상' 등등 하나같이 이름이 다 이렇다 보니 작명에 압박감을 받는 몇몇 명인은 작명소까지 다닌다는 소문도 심심찮게 들려오는 지경이다.

'좋은 물건이네.'

마나 순환에 도움을 주는 목걸이는 흔치 않다. 아마 저 물건을 만든 도메니크라는 작자는 근 시일 내에 장인에서 명인으로 승급할 수 있겠지.

그러나 지금의 하젤린에게 그딴 건 관심이 없었다.

그녀는 두 눈을 깜빡이고, 가끔씩 하품도 하면서 시간을 보냈다.

"이번 물품은 최고의 기사단, 칠흑 기사단이 출품한 '웨어울프의 마나 수정'입니다."

드디어 그녀가 찾던 물건이 등장했다. 사족 보행하는 늑대의 형체를 이루고 있는, 짙은 회색의 탁한 마나석. 중상급 이상 몬스터의 마나석이 지닌 특징이다.

놈들의 심장에 쌓인 마나석은 본체의 모습을 닮는다.

"웨어울프는 아주 희귀한 몬스터로 대한민국에서는 최초로 등장한 걸로 알려져 있습니다."

경매사가 흔한 이야기로 운을 뗐다. 그러자 몇몇 수집가는, 그 보석 같은 자태에 눈을 빛내고, 입찰에 임할 준비를 마쳤다. 하젤린 또한 자신의 통장의 잔고를 힐끗 확인했다.

마법사와 연금술사 생활을 청산하고서 대부분의 자산을 현찰로 보관해 두었기에 총알은 충분했다.

60억.

'후…… 갚겠지?'

당장 1주일 전에 김세진을 도와준다고 말했으면서도, 막상 이 피 같은 돈을 써야 한다고 생각하니 불안과 걱정이 살짝 피어올랐다.

설마 물건만 받고 도망가지는 않겠지.

"경매 시작가는 오천만 원, 호가는 백만 원부터 시작하겠습니다. 아! 30번 신사님이 벌써부터! 오천백만 원!"

입찰이 시작되었다. 살이 디룩디룩 찐 인간, 머리에 짐승의 귀가 쫑긋 솟아 있는 수인, 마법 지팡이를 들고 있는 엘프 마법사까지. 모두 이 마나석을 집으로 모셔가기 위해 열심히 돈놀이를 시작했다.

5억, 10억, 15억, 20억, 30억. 입찰가는 최고 예상액까지 단 한 번의 휴식도 없이 폭주했다…….

"48번, 아름다운 엘프 마법사님께서 46억을! 마법을 익히는 데 영감을 주기에 충분한 물건이니, 탁월한 선택이실 겁니다!"

그리고 마침내 찾아온 정적. 46억을 부른 엘프 마법사는 의기양양한 표정을 짓고 있었다.

"더 없으십니까? 활용도가 무궁무진한 웨어울프의 마나석! 혹시 모릅니다, 웨어울프의 어마어마한 힘을 그대로 얻게 되실지!"

터무니없는 개소리다. 하젤린은 기가 차서 피식 웃었다. 저 하등 쓸모없는 물건에 전 재산의 절반 이상을 써야 한다는 데 일말의 회의심이 들었지만…… 그래도 인맥을 위해서는 어쩔 수 없다.

"3번, 딱 3번만 호가하겠습니다. 46억!"

그 말이 나온 즉시. 하젤린은 47억을 입찰가로 써서 전송하려 했다.

"46억! 없으십니까?! 마지막입니다!"

그러나 그녀는 곧 생각을 바꿨다.

"오오! 77번, 신비한 여인께서 50억을!"

장래가 술렁였고, 하젤린은 진한 미소를 지었다.

'엘프가 가오가 있지, 눈치 보면서 찔끔찔금 1억씩 올려서야 쓰나?'

"입금했습니다."

"네, 감사합니다. 확인되었습니다."

경매장의 무대 안쪽에서 하젤린은 경매 책임자와 낙찰 물품에 관한 대화를 나누었다.

"이틀, 이틀 뒤로 예약을 잡아주세요. 아, 그리고 양도증서도 써주세요."

"……양도증서요?"

"네, 선물이거든요."

하젤린이 별거 아니라는 듯 말했다. 물론 선물이 아니라 빚이지만, 그래도 선물이라 하는 게 있어 보이지 않은가. 50억을 선물하는 여자라, 아주 멋져.

"아……. 네, 알겠습니다."

책임자는 고개를 끄덕이며 직원들을 불렀다.

"후."

태양빛이 내리쬐는 맑은 오후, 서울역에 도착한 김세진은 바싹바싹 타는 입술을 일단 침으로 적시며 예약해 뒀던 택시에 올라탔다.

서울역에서 세빛섬까지 마나를 연료로 사용하는 고급 택시를 타고 10분. 세진이 세빛섬의 현월 경매장 앞에 도착하자, 경호원들은 로브를 뒤집어쓴 그를 수상한 사람이라 생각하여 막아 세웠다.

"낙찰받은 물품을 받으러 왔습니다."

약속 시간은 오후 1시 10분. 현재 시각 오후 1시 5분. 경호원들은 양도증서를 확인하고는, 이내 정중한 태도로 세진을 안내했다.

안내를 받아 경매장 안의 VIP 전용 엘리베이터 앞에 서자 책임자가 다가왔고, 그녀는 방긋 미소를 지으며 세진과 함께 엘리베이터를 탔다.

"연금술사이신가 봐요?"

마법사는 보통 얼굴까지 로브로 가리지는 않는다.

책임자가 의례상의 질문을 건넸지만 세진은 아무 대답도 하지 않았다. 그저 딱딱한 자세로 어서 이 엘리베이터가 목적지로 자신을 데려다주길 기다릴 뿐.

"……."

그 차가운 무반응에 책임자는 괜히 무안해져 귀와 꼬리를 바짝 세웠다. 꼬리, 그녀는 갯과 수인이었다.

"……오늘 날씨가 많이 좋죠? 한겨울인데 완전 초여름 날씨예요. 무슨 일이 생기려고 그러나……."

기분이 나빠질 법도 한데, 책임자는 다시 한번 용기를 내어 말을 걸었다.

그 이유는 그저 그녀가 '갯과' 수인이기 때문이었다. 후각이 예민한 갯과 수인의 이상형은 '체취가 좋은 남자'다. 그리고 스킬이 있는 지금의 세진에게는 그 누구보다도 수컷다운 향내가 은은하게 퍼지고 있었다.

'……되게 좋다.'

늑대. 그래, 늑대의 향이다.

책임자는 티 나지 않게 코를 킁킁대며 그 향기의 매력에 얼굴을 조심스레 붉혔다.

띵―

그러나 잔인한 엘리베이터는 VIP 고객들을 위한 최상층에 벌써 도착해 버렸다. 책임자는 다소 아쉬워하며 발걸음을 옮기는 그의 뒷모습을 바라보았다.

"……와."

윤이 날 정도로 깔끔하게 닦인 대리석 바닥. 한강, 그리고 서울의 아름다움이 한눈에 보이는 조망. 전체적으로 푸른 색감이 스며들어 있어 하늘을 걷는 듯한 착각을 주는 이 화려한 공간은, 일반인은 평생 한 번도 오지 못할 '현월'의 VIP 전용 스카이라운지다.

"오신 것 같네요."

세진이 시간의 급박함도 잊고 멍하니 내부를 둘러보며 그 대리석에 발을 디뎠을 때. 어디선가 부드럽지만 강직한 음성이 들려왔다.

"안녕하세요. 저는 칠흑 기사단의 고위 기사, 김유린이라고 합니다."

김유린이었다. 그녀는 과거 고블린이었던 세진을 대할 때와는 180도 다른, 차가운 무표정으로 손을 건넸다.

"아…… 예, 반갑습니다."

세진에게는 두 번째 만남. 그러나 유린으로서는 첫 번째 만남. 사정이 어찌 되었든, 두 사람은 서로를 마주 보며 악수를 했다.

"물품을 보여드리지요."

김유린은 여전히 아름다웠다. 낭랑하고 발랄했던 그때와는 사뭇 다르지만, 지금의 차갑고 기계적인 태도 또한 지극히 매력적이었다.

"이것입니다."

김유린이 그에게 마나 수정이 보관되어 있는 가방을 건넸다. 살짝 열린 틈새로 마나석의 빛이 비쳤다. 세진은 양도증서를 그녀에게 건네주며 말했다.

"감사합니다."

그러곤 다시 한번의 악수. 두 사람은 정말 서로 초면이라는 말이 어울릴 정도로 사무적이었다. 오직 공적인 부분으로만 점철이 되어 있어 어색이 끼어들 틈도 없었다.

김유린은 자신을 대하는 세진의 사심 없는 태도가 만족스러운 듯했다.

"아, 그럼 두 분. 이제 저희와 함께 식사나 하러 가실까요?"

갑자기 뒤에서 두 사람을 바라보던 현월의 책임자가 끼어들어 말했다.

이것은 일종의 부수적인 절차였다. 판매자와 구매자끼리 물건을 인계하고 난 후, 경매 책임자와 함께 식사를 하는 것. 보통 구매자의 요청으로 이뤄지는 경우가 많으며 판매자가 거절하는 것은 예의가 아니다.

사실 이 마나 수정이 예상 최고 낙찰가인 40억을 훌쩍 뛰어넘은 것에는 이 식사 때문도 있었다. 김유린과 식사할 수 있는 기회라면 적어도 얼마 정도의 가치는 있었을 테니.

"그럼 가시죠. 저희 기사단이 애용하는 좋은 식당이 있습니다."

그에 김유린이 예의상의 미소를 지으며 그를 안내하려 했다.

그러나 예상외로 김세진이 고개를 저었다.

"식사는 나중으로 미뤄도 되겠습니까? 제가 시간이 많이 없어서."

엘리베이터로 향하던 유린의 몸이 우뚝 멈춰 섰다.

세진에게는 보이지 않았지만, 그녀의 인상은 와락 꾸겨져 있었다. 고위 기사보다 시간이 부족한 직종은 아주 드물 터인데…….

그녀는 애써 인상을 펴고 뒤로 돌아서 세진의 하관을 마주 보며 말했다. 로브의 후드를 깊게 뒤집어쓴 터라 하관밖에는 보이지 않았다.

"죄송하지만 제가 오늘이 아니면 시간이 없습니다. 나중은 조금……."

"그럼, 식사는 그냥 없었던 걸로 합시다. 죄송합니다, 제가 시간이 많이 없어서."

세진의 태도는 단호했다. 김유린이 뭐라 말하기 위해 입술을 달싹이는 그 순간에 세진은 이미 그녀를 지나쳐 엘리베이터에 올라탔다.

"저, 잠깐……!"

평생 동안 처음 받아본 기이할 정도의 홀대에 김유린이 당황하는 찰나, 엘리베이터의 문이 벌써 닫히고 말았다.

"……와. 유린 기사님, 방금 거절당하신 거 맞죠?"

주변에서 부하 기사들이 놀랐다는 어투로 말했다. 놀림 따위가 아니라, 진심으로 깜짝 놀란 기색이었다.

그러나 유린은 아무런 대꾸도 못 한 채, 멍한 표정으로 이미 1층으로 내려간 엘리베이터를 하염없이 바라볼 뿐이었다.

"바로 서울역까지 가주세요."

택시에 올라탄 세진은 남은 시간을 확인했다. 70분 남짓. 다행히 시간은 여유롭게 남았다.

안도의 숨을 내쉰 그는 먼저 가방 안에 고이 모셔져 있는 마나석을 확인했다. 입가에 진한 미소가 절로 걸렸다.

이제 강원도의 동굴에 도착하면 이 마나석을 흡수하고서 느긋하게 변화를 기다리자…….

그러나 그 여유로운 생각은 길게 이어지지 않았다.

콰아아앙─!

선행하는 것은 고막이 터질 듯한 폭음이었고 그 이후에는 엄청난 충격이 차체를 강타했다. 그 정체 모를 추돌에 세진의 몸이 부웅 떠오르더니 어느새 정신을 차리고 보니 택시 밖으로 튕겨져 나와 있었다.

"……뭔 씹…….."

희뿌연 시야에 잔뜩 찌그러진 차체와 그 파편들이 아스팔트 위로 나뒹구는 것이 보였다. 늑골과 머리의 통증을 참고서 세진은 가장 먼저 품 안을 확인했다. 다행히 마나석은 무사했다.

"캬학캬학캬학~!"

이명이 맴돌던 귓가를 간사한 웃음이 점령했다. 그는 그 소리가 들려온 쪽, 형편없이 찌그러진 차체의 너머를 바라보았다.

등에 박쥐의 날개를 달고, 생김새는 소악마를 연상시키는 괴생명체 '가고일'이었다. 저놈이 무식한 몸통박치기로 평안한 택시를 통째로 어그러뜨렸다.

"……끅."

세진은 몸을 부들부들 떨며 일으켰다.

그리고 도심 한복판에 무슨 가고일이냐, 생각하던 세진의 망막에 그보다 백 곱절은 비현실적인 광경이 맺혔다.

그것은 수많은 몬스터의 떼였다.

하늘에도, 길가에도 몬스터가 있었다. 오크와 해골병 같은 잡다한 몬스터부터, 그 웅장한 몸체로 태양을 가리며 창공을 배회하는 와이번, 한 걸음, 한 걸음마다 패도적인 진동을 전하는 오우거까지.

이것은 고작 삼 분 사이에 벌어진 일이었다.

이곳이 한국의 수도 서울인지 아니면 몬스터 필드인지 도저히 분간이 되지 않는 광경에, 세진은 잠시 멍하니 우두커니 서서 입을 벌렸다.

-몬스터 강습, 1급 경보! 시민께서는 모두 대피해 주시길 바랍니다. 곧 기사단이 출동할 예정이오니…….

어디선가 울려 퍼지는 외침이 세진의 정신을 일깨웠다. 그는 그제야 가고일이 자신을 뚫어져라 바라보고 있음을 깨달았다.

보름달처럼 흰 눈.

"……."

그는 일단 아무런 반응을 보이지 않은 채, 가방 속에 손을 슬그머니 집어넣었다. 가고일은 영악하고 교활한 몬스터. 호기심이 많아 사람을 가지고 노는 것이 취미라 들었다.

"으아아아악!

"사, 살려줘!"

"엄마!"

때아닌 몬스터의 강습에 주변은 수라장을 넘어 지옥도 그 자체였다. 부서진 차량이 폭발하고, 그 위로 화염이 피어올라 사방을 진홍빛으로 물들인다.

건물은 무너지고, 부모를 잃은 아이는 공포에 질려 울부짖었다.

"……끼룩."

그럼에도 가고일은 오직 세진에게 시선을 고정했다. 살짝 비틀어진 입가가 놈이 그를 장난감으로 삼았음을 알려주었다.

가고일은 중급 몬스터다. 물론 그 무력적인 측면 때문이 아니라 함정을 설치하는 등 간사한 성격 때문이지만, 강습한 가고일은 그 일신의 무력마저도 한 단계 이상 강해지게 된다. 지금의 세진이 상대하기에는 터무니없이 무리다.

"……."

가방 속을 더듬던 땀에 젖은 세진의 손은 드디어 만질 수 있었다. 딱딱하고 차가운 감촉, 웨어울프의 마나석이다.

[중상급 웨어울프의 마나석, 흡수하시겠습니까? 예/아니요 (경고: 현재 자신보다 너무 많이 강력한 몬스터입니다.)]

휘익-

알림창이 뜨는 동시에 가고일이 날개를 펄럭이며 날아올랐다. 경고는 있었지만, 깊은 생각이 불가능했다. 그는 이를 꽉 깨문 채 예를 눌렀다.

['흑색 늑대' 폼으로 동기화하여 웨어울프의 마나석을 흡수하는 중입니다……. 흡수가 진행되는 도중에는 다른 폼으로 전환할 수 없습니다.]

그리고 그 순간, 세진은 눈을 부릅뜰 수밖에 없었다.

"끄어어어억!"

격통이었다. 수족이, 뼈가 제멋대로 자라나 살갗과 장기를 헤집었다. 일 초에도 수십 번씩 쇠파이프가 몸을 꿰뚫는 것만 같은 격한 고통.

핏빛으로 물든 동공에서는 피눈물이 뚝뚝 흘러내렸고, 헤벌려진 입에서는 침과 피가 동시에 뿜어져 나왔다.

"……끽?"

그 한 남자가 자멸하는 광경에 가고일이 고개를 갸웃하며 그에게로 다가갔다.

"크어……."

온몸의 뼈가 살가죽을 길게 늘이며 튀어나오고 다시 들어가는 것을 반복한다. 그럴 때마다 끅끅거리며 피를 한바가지 토해내는 그 모습은 가고일에게 미소를 선사하기에 충분했다.

"끽끽끽끽."

가고일은 천천히 날아가 아스팔트 위로 엎어진 세진의 등허리 위에 착지했다. 그러곤 손가락으로 정수리를 꾹꾹 눌러보더니 뭐가 그리 즐거운지 함박웃음을 지었다.

"끽끽끽……."

그러나 가고일은 모든 것을 쉽게 질려 한다. 순식간에 흥미를 잃은 놈은 입가에 미소를 지우고서 날카로운 손톱을 꺼내 들었다.

인체 따위는 무 자르듯 잘라낼 수 있는 가고일의 손톱이 서늘하게 반짝였다.

놈의 흉기가 하늘로 치켜세워졌다. 이제 그 흉험한 손톱은 그대로 김세진의 머리를 두 동강 낼 터였다······.

[흡수가 일정 부분 완료되었습니다. 이제는 '야수화'를 사용할 수 있습니다. 생명의 위협을 받는 경우에는 '야수화'가 자동으로 활성화됩니다.]

세진의 눈이 샛노란 빛으로 번뜩인 것은 그때였다. 햇볕을 반사하며 반짝이는 놈의 손톱이 머리를 향해 내려앉던 때.

그 손톱이 너무나 느려 보였다. 또한 나약해 보였다. 단지 손으로 쥐고 몇 번 흔들면 부서질 것처럼. 아마도, 피식자를 보는 포식자의 심정이었다.

세진은 한쪽 팔을 가볍게 휘둘러 놈을 후려쳤다.

퍼어어엉-!

그러나 그 결과는 결코 가볍지 않았다. 가고일의 손톱은 조각난 채 하늘로 비산했고, 그 몸통은 격파당한 절구통같이 파격적인 소리를 내며 저 멀리로 튕겨져 나갔다.

"······허어, 허어······."

그제야 시간에 대한 체감이 원상태로 돌아오고, 세진은 끓어오르는 심장을 부여잡고 숨을 몰아쉬었다.

하지만 지금의 그에게 안식이라는 단어는 너무나도 멀리

있었을 따름이다.

"……뭐야."

손이 짐승의 그것처럼 날카롭고 비대해지고, 몸은 털로 뒤덮여가기 시작했다. 꼬리가 생겨나고, 아가리가 튀어나오고, 이빨은 흉험해졌다.

세진은 멍하니 흑색 털로 뒤덮인 자신의 손을 바라보았다. 이건…… 웨어울프가 '야수화'를 한 형상이었다. 그는 퍼뜩 주변을 둘러보았다. 다행히 이 아수라장에서 자신의 변천에 관심을 쏟을 만큼 여유가 있는 사람은 없었다.

'인간. 인간형은 왜?'

그는 가장 먼저 의문을 가졌다. 왜 인간이 아니고, 이족보행하는 야수가 되었는가. 다행히도 그 의문은 친절한 시스템이 해결해 주었다.

['인간화'는 흡수가 모두 완료되었을 시 활성화가 가능합니다.]

그리고 그 직후, 수많은 알림창이 세진의 시야를 가릴 정도로 많이 떠올랐다.

「조건 완료: 야수의 심장」

-강대한 웨어울프의 마나석을 심장에 흡수하셨습니다. 모든 능력치가 15 상승합니다.

-이제 흡수가 100% 완료되면 흑색 늑대폼으로 '야수화'와 '인간화'를 활성/비활성화할 수 있습니다.(흡수가 완료될 때까지는 다른 폼으로 전환 불가능)

- 패시브 스킬 '야수의 육체', '고강도 손톱', '포식자'를 습득합니다.

▶ 패시브 스킬 '야수의 육체' [숙련 등급 F]

-육체가 강력해지고, '마법'에 대한 피해를 일정 부분 경감합니다.

-탁월한 회복력, 몸의 상처가 빠르게 치유됩니다.

-자신은 물론 타인의 혈류를 멋대로 조절할 수 있습니다. 다만 타인의 혈류를 조절하기 위해서는 손톱 혹은 이빨 같은 신체의 일부가 타인 체내의 혈관에 맞닿아 있어야 합니다.

-이 스킬은 인간형일 때는 효력이 일정 부분 감소되어 적용됩니다.

▶패시브 스킬 '고강도 늑대의 손톱' [숙련 등급 F]

-강철 수준의 강도와 경도를 자랑하는 늑대의 손톱.

-등급이 올라간다면 '유형(有形)'은 물론 '무형(無形)의 기운'마저도 소멸시킬 수 있게 됩니다.

-이 스킬은 인간형일 때는 효력이 일정 부분 감소되어 적용됩니다.

▶패시브 스킬 '포식자' [숙련 등급 F]

-적을 처치할 때마다 조금씩 강해집니다. 강한 적을 상대할 경우 상승 폭이 커집니다.

-피식자는 포식자에게 공포를 느끼고, 굴복 혹은 지배되기를 원할 수도 있습니다.

느긋이 앉아 이 수많은 글자를 모두 읽기에는 시간이 너무 부족했다.

"먼저 오우거부터! 와이번은 고위 기사님에게 맡기고!"

기사들이 벌써부터 다가오고 있었다. 세진은 그들의 눈을 피해 최대한 은닉한 채 움직였다.

흑색 늑대와 웨어울프의 차이는―그 무력의 다름을 제외하면― 웨어울프는 야수형과 인간형을 취할 수 있다는 점뿐이었다. 그러니 세진의 포밍 몬스터는 여전히 흑색 늑대였지만, 지금의 외견만큼은 충분히 웨어울프라 부를 수 있을 만했다.

[흡수가 진행 중입니다. '짐승화'가 불가능합니다.]

세진이 이를 까득 깨물었다.

이런 이족 보행하는 늑대 야수, 웨어울프의 형태는 너무 눈에 띈다. 그래서 사족보행을 하는 짐승의 형태로 전환하려 했건만 지금은 그것마저도 불가능했다.

'잘못하면 죽는다.'

현재 자신은 확실한 몬스터, 기사들 혹은 사냥꾼들의 1순위 척살 대상이다. 세진은 두 팔로 땅을 짚으며 최대한 몸을 수그린 채 움직였다.

다행히 빼어난 후각은 기사나 사냥꾼들이 없는 경로를 찾을 수 있게 도와주었다. 게다가 흑색 늑대는 은신에 일가견이 있는 몬스터. 아무리 지금 그가 야수화 상태라고 하더라도, 도망치기 바쁜 시민들은 어둠에 녹아들어 이동하는 그를 쉽게 알아차리지 못했다.

"크흐."

어느 정도 걷자, 세진은 몬스터와 기사가 피터지게 싸우는 1차 전장으로부터 벗어났음을 직감하고서 안도의 한숨을 내쉬었다. 그러나 그 주변의 상황은 기사만 없다뿐이지 결코 안전하지 않았다.

하급과 중하급 몬스터가 건물에 매달려서 혹은 인도를 헤집으며 시민들을 헤치고 있었다.

몬스터가 파괴시킨 빌딩의 잔해가 주차된 자동차 위로 떨어지고, 폭발한 자동차가 더욱 큰 불길을 만들었다. 그 폭발에 휘말린 아이 한 명이 도로 위에 넘어졌다. 하지만 세진으로서는 어쩔 수 없었다. 살기 위해서는 모두를 무시하고 도망가야 했다.

그러니까 늑대의 귀로 들려오는 아이의 울음소리도 무시했어야만 했다.

"엄마아아아!"

"수, 수정아!"

아이의 울음이, 그 아이를 부르는 어머니의 외침이 들려왔다. 어머니로 보이는 여인의 얼굴이 흙빛으로 물들었다.

대로 한복판에 다리가 까진 채로 엎어진 아이 위로 빌딩의 잔해가 무너져 내리고 있었다.

"······!"

고민은 깊지 않았다. 발이 먼저 움직였다.

'선풍의 질주.'

한달음에 500m 그 이상을 쇄도한 세진은 아이를 보호하듯 감싸 안았다. 그 직후, 두 사람의 위로 철근을 비롯한 건축자재들이 흉악하게 무너져 내렸다. 어머니의 울음 섞인 외침이 공기를 찢었다.

'안 아프네.'

과연 야수화한 흑색 늑대의 몸은 단단했다. 잔해 더미에 묻혀 사방의 시야만 없다뿐이지 고통은 전무. 그는 가장 먼저 품속에서 들려오는 훌쩍거림으로 아이의 무사함을 확인했다.

그러곤 한쪽 팔을 깊게 뻗어 휘둘렀다.

콰아아아아앙-!

야수의 몸을 짓뭉개고 있던 잔해의 더미가 허공으로 비산했다.

"수정······ 히익!"

가장 먼저 아이의 어머니가 보였다. 그녀는 한 손에 갓난아이를 안은 채, 자신의 아이를 구하기 위해 다가오고 있었다. 그러나 그런 그녀의 시야를 온통 가득 채우는 것은 한 마리의 야수.

2m를 가볍게 넘기는 장대한 육체와 흉험한 이빨을 자랑하는 늑대의 머리. 온몸에는 검은 털이 잔뜩 나 있었지만, 이 짐승의 위협적인 근육은 그 털로도 숨겨지지 않았다.

여인은 격이 다른 공포가 느껴지는 그 패악적인 모습에 뒷걸음질을 치다가 결국 바닥에 주저앉고 말았다. 그러나 저 흉악한 야수의 품 안에 자신의 딸이 있다 그녀는 용기를 내어 후들거리는 다리를 애써 일으켰다…….

"크릉."

"흐악!"

하지만 야수가 먼저 움직였다. 여인은 지레 겁을 먹고 비명을 내질렀지만, 야수는 터벅터벅 걸어와 어머니의 앞에 그 딸을 내려놓을 뿐이었다.

어리둥절해하며 자신의 딸과 야수를 번갈아 바라보던 여인은 이내 상황을 파악하고서 아이를 품에 껴안았다.

[북쪽 방면 500m. 다수의 강한 인간]

세진에게는 그 상봉의 장면을 지켜볼 여유가 없었다. 몬스터들을 빠르게 정리한 기사들이 몬스터의 근원지를 넘어 서울의 주변부까지 탐색하기 시작했다.

그는 빠르게 발을 굴러 그 자리에서 벗어났다.

"이게…… 어?"

아이의 어머니가 이 기묘한 야수에게도 감사를 표해야 하나 고민하며 고개를 들었지만, 이미 늑대 야수는 여름날의 환상처럼 사라졌을 따름이다.

몬스터 강습에 의한 피해를 더 이상 확산시키지 않기 위해 서울의 일부가 군부대에 의해 봉쇄되었다.

세진은 희미하게 느껴지는 화기의 냄새로 그 사실을 어렵지 않게 먼저 파악할 수 있었고, 서울을 빠져나가기보다는 그 안에서 마나석의 흡수가 완료될 때까지 숨기로 작정했다.

비닉한 채 서울을 배회하던 그는 운 좋게 지하 수도를 하나 발견할 수 있었고, 그 속으로 숨어들었다.

'……죽겠다.'

세진은 물기가 가득한 돌바닥에 누워 가쁜 숨을 내쉬었다. 암흑이 짙게 깔린 암울한 분위기와 음습하고 축축한 공기는 어느 정도 참을 수 있었다. 그러나 오물의 냄새는 견뎌내기 힘들었다. 흡수의 부작용인지 유난히 춥게 느껴지는 기온도 마찬가지였다.

그의 눈이 조금씩 감겨갔다. 혹시라도 누군가가 자신을 발견할 수도 있기에 수면은 위험하다. 그러나 부작용의 일환인 몰려오는 수마는 그 따위 걱정을 가볍게 이겨냈다.

'몬스터를 처리하느라 바쁠 테니 하수도에는 올 생각도 못 하겠지…….'

세진은 그렇게 되길 바라며 점차 잠에 빠져들었다.

─반포 근처의 이름 모를 한 교회에서 발생한 균열이 조기 진압되지 않고 완전히 벌어져, 서울 일대에 큰 혼란이 일어 났습니다. 근 5년 만에 발생한 '몬스터 강습'에 대한민국의 신용등급에 타격이 있을 거라 예상되는 가운데, 시민들은 균 열이 모두 벌어질 때까지 방관한 기사단이 책임을 져야 하는 것이 아니냐며 울분을…….

"신경 쓰지 마."

몬스터 강습에 의한 소요 사태가 어느 정도 진정되고, 기 진맥진한 기사들이 잠시 대로 한복판에 눕거나 앉아 휴식을 취하고 있는 지금. 고위 기사 김유린이 뉴스를 들여다보며 근심에 빠진 부하 기사를 위로했다.

"몬스터가 도심으로 내려올 때면 뒤따르는 일이잖아? 물 론 이번에는 조금 심하게 시달리겠지만, 그래도 우리 탓은 아니니까 너무 힘들어하지는 않아도 돼."

우리가 아니라 균열 감지기의 보수, 관리를 소홀히 한 안
보 기업들 탓이니까.

덧붙인 유린은 생각만 해도 짜증 난다는 듯이 얼굴을 와락
일그러뜨렸다.

본래 몬스터와 균열의 감지는 기사단의 업무였다. 그러나
기사단이 그런 기술적인 부분까지 책임지기에는 너무 부담
이 막중하지 않느냐는 말도 안 되는 이유로 국가는 몇몇 안
보기업에게 그 책임을 넘겨 버렸다.

사실 말만 책임이지 명백히 이권만 넘기고 책임은 기사단
에게만 남기는 일종의 비리였다. 그 빌어먹을 놈들이 균열
을 감지한 대가로 수수료를 챙기고 있음에도 오늘처럼 몬스
터에 의한 피해가 발생하면 언제나 욕을 먹는 것은 기사단
이니까.

"……예."

여전히 시무룩한 부하 기사를 뒤로하고, 유린은 부상자가
모여 있는 임시 병상으로 발걸음을 움직였다.

한데 그쪽의 분위기가 이상했다. 물론 사지가 잘렸다거
나 하는 큰 부상을 입은 기사들이 없는 것도 그 이유 중 하
나였지만 기사들은 모두 한데 모여 핸드폰에서 투사되는
홀로그램 영상을 보며 의외의 표정을 짓고 있었다. 놀라움
과 신비함.

"······뭣들 하는 거지?"

많은 시민이 희생당했고 재산상의 피해는 추산하기 힘
들다. 물론 이런 상황에 굳이 침통한 심정을 무조건 사수하
라는 건 아니었지만 그래도 저런 모습은 지금의 상황과 어울
리지 않는다.

"엇! 안녕하십니까!"

그녀를 알아본 기사들이 부랴부랴 영상을 끄고 인사를
했다. 이곳에 모인 기사들은 모두 같은 기사단 소속은 아니
지만 유사시에 모든 기사단은 단 하나의 소속, '국가'라는 이
름 아래 활동한다.

그렇기에 고위 기사인 김유린보다 등급이 낮은 기사들은
비록 기사단의 소속은 다르지만 그녀에게 예우를 다했다.

"아픈 몸으로 허리 그렇게 숙이지는 말고. 나는 그냥 궁금
해서 묻는 거다. 뭘 보고 있던 거지?"

"아······."

유린의 말에, 그 영상을 다른 기사들에게 보여주었던 주동
자, 칠흑 기사단의 남자 중급 기사 이수한이 쭈뼛쭈뼛하며
대답했다.

"시민들을 대피시키던 도중에 신기한 소식이 있어서 그
만······."

"뭔데?"

"아, 다름이 아니라······ 저, 기사님. 혹시나 해서 묻는 건

데…… 저희 그때 웨어울프 확실히 죽인 거 맞죠?"

유린이 미간을 팍 좁혔다. 도대체 무슨 뚱딴지같은…….

"당연하지. 그럼 웨어울프의 마나석은 어디서 나왔을까?"

"……그렇죠? 근데 웨어울프가 또 나왔습니다. 한 시민이 영상을 찍었어요. 그 급박한 상황에도 동영상 찍는 사람이 있긴 있더라고요. SNS에 올린다는 걸 일단 말려두긴 했는데…… 보세요."

이수한이 핸드폰으로 홀로그램 영상을 투사시키며 말을 이었다.

"근데 여기 웨어울프가 찍혔는데 진짜 대박이에요. 원래 웨어울프가 진짜 희귀한 몬스터잖아요? 근데 이번에는 더 특이해요."

영상의 첫 장면은 바닥에 내리박힌 빌딩의 파편들과 그 앞에서 한 여자가 울부짖는 광경이었다. 그 잔인한 광경에 김유린이 이게 대체 무슨 악취미냐며 그를 쏘아붙였으나 이수한은 땀을 뻘뻘 흘리며 다음을 보라고 해명했다.

"……어?"

그리고 그의 말대로였다. 이다음 장면은 합성이 아닌가 의심할 정도로 비현실적이었다.

격한 파열음과 동시에 잔해가 허공으로 치솟고 그 속에서 두 생명체가 등장했다. 한 마리의 야수와 그 품에 안겨 눈을 꼭 감고 있는 어린아이.

"신기하죠? 이 웨어울프가 아이를 지켜준 거 같아요. 좀 더 선명한 영상도 있어요. 여기가 몬스터 근원지와는 조금 멀어서, CCTV가 그나마 몇 개 남아 있었거든요."

이수한이 CCTV 영상을 재생했고, 김유린은 정말 넋을 놓고 그 영상을 바라보았다.

아이 위로 무너져 내리는 건물, 그리고 형상도 흐릿하게 남을 정도로 빠르게 쇄도하는 검은 생명체. 확실하다. 이 웨어울프는 분명히 '구한다'는 의도를 가지고 그 속으로 뛰어들었다.

"지금 몇몇 수인 기사들한테 보여줬는데, 장난 아니던데요? 라이칸스로프 전설이 아니냐고 난리예요. 물론 개소리지만요. 아, 욕이 아니라 진짜 개. 갯과 수인이었어요."

그 말에 유린은 당연하다는 듯 고개를 끄덕였다. 라이칸스로프는 지구로 이주해 오지 않았다. 애초에 다른 세계에서도 최소 배척, 최대 멸족까지 당한 종족이었으니. 그들은 이제 하나의 전설 혹은 신화로 남았을 뿐이다.

"……신기하긴 하네. 근데 지금은 이런 거 볼 때가 아니야. 핸드폰 압수하기 전에 내려놓고 부상이나 치유하는 데 집중해. 그리고 이런 정보 언론이 알면 조금 귀찮아지니까, 앞으로는 입단속 좀 하고."

"아, 그게…… 저는 언론에 알리는 게 더 낫다고 생각돼요."

"뭔 소리야 그게?"

김유린이 이맛살을 찌푸리며 그를 노려봤다.

"아니, 어차피 이거 우리 탓도 아닌데 우리만 욕 엄청 먹잖아요. 그러니까 일단 언론한테 이 영상 돌려서 화제라도 한번 전환해 보자고요. 희생자들 추모는 나중에 해도······ 큼, 죄송합니다."

말을 이어가던 이수한은 점차 흉악하게 일그러지는 그녀의 표정을 확인하고서 재빨리 고개를 숙였다.

"말 가려서 해."

김유린은 그렇게 위협적인 한마디를 툭 내뱉고는 다시 어딘가로 바삐 발걸음을 움직였다.

단 하나의 빛줄기도 존재치 않는 어둡고 음침한 지하수도 안. 김세진은 사람의 냄새에 눈을 떴다.

[북쪽 반경 300M. 인간 한 명, 수인 한 명.]

그 순간 몽롱했던 의식에 차가움이 빗발쳤다. 그는 재빨리 자신의 몸 상태를 확인했다. 털이 가득하다. 여전히 야수화 상태, 그러나 곧 떠오른 알림이 그의 불안을 해소시켜 주었다.

[흡수가 완료되었습니다. 액티브 스킬 '야수화/인간화'를 습득하셨습니다. (이제부터 폼 전환이 가능합니다.)]

▶야수화/인간화 [성장 등급 F]

-흑색 늑대폼으로 야수화 혹은 인간화를 할 수 있습니다.

-▶야수화: '늑대인간'의 형체로 변하고, 흑색 늑대의 포밍 능력치가 3배 상향되어 적용됩니다.

-▶인간화: '인간'의 형체로 변하고, 흑색 늑대의 포밍 능력치가 감소 효과 없이 온전하게 적용됩니다.

-현재의 기력 수치에 따라, 하루 24시간에 (450분) 동안 인간화/야수화를 유지하는 것이 가능합니다.

▶능력치

[근력 134] [지구력 133] [민첩력 175][기력30]

[마나 친화력 20] [마력 20] [운 7]

그 알림이 떠오르는 즉시, 세진은 재빨리 인간화를 취했다.

그러나 문제가 있었다. 원래의 '인간 김세진'과 흑색 늑대가 '인간화'를 취한 김세진 간의 차이가 그렇게 작지 않았다.

시야가 높아진 걸로 보아 키가 커졌고, 언뜻 보이는 몸의 근육은 평생 동안 단련한 사람처럼 탄탄했으며 사타구니에는 거의 둔기에 가까운 수준의……

"누구냐!"

별안간 남자의 고함과 예리한 마나의 서늘함이 이쪽을 향했다.

"인간입니다!"

세진이 재빨리 대답했고, 그 외침에 기사들이 빠르게 달려왔다.

"흠……."

"어머……."

세진의 앞에 선 두 명의 남녀 기사는 그의 모습을 훑어보았다.

"……몬스터를 피해 이곳으로 도망 왔습니다. 옷은 그 도중에 불에 타서 그냥 벗었습니다."

그 변명에 남자 기사는 뭔가 불만족스러운 표정으로 몸을 뒤로 돌렸고, 여자 기사는 얼굴을 발그레 붉힌 채 세진의 몸을 관찰했다.

아닌 척 두 손으로 얼굴을 감싸고 있긴 하지만, 그래도 손가락 사이로 두 눈알이 데굴데굴 구르는 게 보였다.

그리고 그 관찰은 조금 오랫동안, 남자 기사가 지적하기 전까지 지속되었다.

김세진은 기사 둘의 호위를 받아 지하 수도에서 무사히 빠져나올 수 있었다.

"아, 그럼 사냥꾼이 직업이신 거예요?"

한데 조금 귀찮은 일이 벌어지기는 했다. 별다른 부상이 없음에도 여기사의 손에 이끌려 응급실로 들어와야 했고, 여기사는 그를 병상에 억지로 눕히고는 옆에 앉아 끊임없이 말을 걸어왔다.

노란색 바탕에 검은색이 점점이 박혀있는 귀를 연신 쫑긋쫑긋거리며.

"예."

그로서는 최대한 빨리 이곳에서 벗어나고 싶어 단답형으로 대답했지만 기사는 포기하지 않았다. 은근히 몸을 붙여오며 노골적으로 코를 킁킁거린다.

역시나 문제는 이 냄새에 있는 듯했다. 외모보다도 체취를 중시 여기는 수인에게 늑대의 향기는 치명적인 페로몬이나 다름이 없었겠지.

"그렇구나. 저는 중급 기사예요. 게다가 완전 유망주예요. 연봉도 좀 세고……. 하핫. 언제 사냥하러 가실 때 저랑 같이 가요. 저, 이래 봬도 표범이거든요. 엄청 빠르고 탄탄해요."

크앙─

여기사는 앙증맞은 포효를 하며 세진의 환심을 사기 위해 노력했다.

솔직히 기분이 나쁘지는 않았다. 아니, 오히려 아주 좋았다. 여기사는 미인이었으니. 표범 같은 날카로운 외모와는 달리 하는 짓은 강아지처럼 귀여워서 더더욱 그랬다.

"앗, 방금 웃었다. 같이 가겠다는 의미죠 그거? 같이 가는 거예요~? 후회는 안 하실 거예요! 제가 두 단계 이상은 승급시켜 드릴라니까!"

"하하. 아니, 저는……."

그렇게 화기애애하게 대화를 나누던 두 사람 위로, 별안간 하나의 암운이 드리웠다. 방금 전 여기사와 함께 세진을 발견했던 남자 기사였다. 그는 꾸깃꾸깃 경련하는 낯짝으로 지금 자신이 전적으로 탐탁지 않음을 표현하며 입을 열었다

"김세진 씨?"

"……뭔데, 왜."

남자는 분명 김세진을 불렀지만, 여기사가 먼저 민감하게 반응하며 그를 막아 세웠다.

"너는 비키시고. 김세진 씨, 어디 아픈 곳은 없으시죠? 아쉽게도 지금 부상에 신음하는 시민분이 많으셔서요. 멀쩡하시다면……."

"뭐가 멀쩡한데? 옷까지 다 타서 없어질 정도로 엄청 고생하신 거 몰라? 당장 정신적 트라우마가 의심되는 지경이라고."

전혀 아니다.

세진이 머쓱하게 웃으며 몸을 일으켰다.

"괜찮아요. 몸은 괜찮으니 저는 가 볼게요. 약속도 있고."

"예? 왜요? 좀 더 있으셔도 되는데…… 아, 진짜!"

일어서려는 세진의 어깨를 움켜잡아 억지로 눕히고서, 여기사는 난데없이 훼방을 놓는 남자 기사를 쏘아봤다. 그러나 그는 휘파람을 불며 딴청을 피울 뿐이었다.

"아뇨, 그게 아니라 기사님……."

"로젠이에요. 편하게 불러주세요."

"네. 로젠 기사님, 신경 써주셔서 감사하지만 이제 가 봐야 해요."

아리따운 여인의 적극적인 관심은 물론 좋다. 그러나 평생 동안 제대로 된 사랑을 받아본 적이 없었던 그는 그것이 그저 어색하고 불편했으며, 무엇보다도 시간이라는 제약이 마음에 걸렸다.

"……그, 그럼 연락처라도 남겨주세요!"

그 단호한 태도에 로젠이 안달 난 표정으로 그의 소매를 붙잡으며 핸드폰을 건넸다. 세진은 차마 그것까지는 거절할 수 없어 자신의 연락처를 적어주고서 안녕의 인사를 보냈다.

"꼭, 꼭 나중에 같이 사냥해요!"

무슨 게임이라도 같이 하자는 듯이 말하는 로젠의 모습이 괜히 웃겨, 세진은 살풋 미소를 지어주었다. 아무 의미 없는 가벼운 미소일 뿐이었다. 그러나 그녀는 얼굴을 잔뜩 붉힌 채 그 뒷모습을 하염없이 바라보았다.

"……아. 야, 뒈질래? 너 진짜 무슨 생각이냐? 지금 야생의 표범한테 목숨 걸고 겨루기라도 하자는 거야, 지금?"

세진이 완전히 멀어지자 로젠이 인상을 잔뜩 찌푸린 채 남자 기사를 위협적으로 쏘아붙였다. 그러나 남자는 오히려 만족스러운 듯 입술을 씰룩였다.

"뭐가? 그냥 나는 원칙대로 행동한 거야. 아프지도 않은데. 누워 있으면 뭐해?"

"넌, 오늘……."

그녀는 그 이후로도 한동안 험악한 말을 속사포처럼 내뱉었다.

세진은 부상 입은 시민들의 면면을 살피며 응급실을 거닐었다. 그 정도가 심각해 온몸이 화마에 삼켜진 사람도 있었고 그저 살갗에 얕은 자상을 입은 사람도 있었다.

그렇게 부상자들의 몸을 살피던 와중에 세진은 갑자기 눈에서 기묘한 격통이 전해져 옴을 느꼈다.

"윽……."

짧은 신음을 흘린 그는 관자놀이를 짓누르며 눈을 꾹 감았다가 떴다.

그러자 세상이 달라져 있었다. 시야가 비정상적으로 넓어져 그런 착각이 들었다.

일반적인 인간의 시야각은 수평으로 180도. 그러나 지금 세진은 자신의 뒤에서 펼쳐지는 광경까지도 모조리 눈에 들어왔다. 게다가 온 세상이 진하고 밝았다. 전구는 눈이 부셨으며, 어두운 공간이라곤 존재하지 않았다.

그렇게 우뚝 멈춰선 채 사방을 살펴보던 세진은 문득, 저 멀리 자신을 비추는 응급실의 거울을 확인했다.

눈동자의 색이 섬뜩한 황금색으로 변해 있었다.

[조건 완료: 흑색 늑대폼인 상태로 최소 열 개 이상의 부정적 기운을 한 번에 감지.]

▶패시브 스킬 '늑대의 동공'을 습득하셨습니다.

-시야가 넓어지며 빛에 구애를 받지 않습니다. 또한 통상적으로 볼 수 없는 것들조차 인지할 수 있게 됩니다.

-이 스킬은 흑색 늑대가 아닌 다른 폼일 때도 활성화가 가능합니다.

또 다른 스킬을 얻었다는 알람이 떠올랐다.

'인지할 수 없는 것?'

그의 의문은 금세 해소되었다. 부상에 신음하는 사람들 위로, 불길한 기운이 여러 줄기가 아른거리고 있었다.

각각 청색, 남색, 보라색, 적색, 흑색. 아마 그 부상의 심각성에 따라 색깔이 나뉜 듯한 그 빛줄기를 세진은 볼 수 있었다.

그는 무엇인가에 홀린 듯 그 기운이 흘러나오는 한 부상자에게로 다가갔다. 그러고는 멍하니 그 빛무리를 바라보다가 문득 한 가지 문장을 더 떠올리게 되었다.

'등급이 올라간다면 '유형(有形)'은 물론 '무형(無形)의 기운'마저도 소멸시킬 수 있게 된다.'

그렇다면 혹시, 아니, 확실하다.

늑대의 손톱은 이 병마마저도 베어낼 수 있다……. 침을 꿀꺽 삼킨 그는 부상자에게서 스멀스멀 피어오르는 기운에 손을 대고서 손톱을 그었다.

파닥파닥. 휘적휘적.

그러나 변화는 없었다.

'등급이 부족한가?'

그 생각에 감응하여, 다시금 시스템이 반응했다.

[숙련 등급이 부족합니다.]

"아……."

세진이 납득했다는 의미의 탄성을 내질렀다. 그러자 간호사가 그에게 다가와 환자와 친분이 있는 사람이느냐 물었고, 세진은 고개를 젓고는 도망치듯 응급실을 빠져 나왔다.

하루 고작 두 시간을 인간으로 생활할 수 있었던 세진에게 450분이라는 시간의 여유는 굉장히 크게 다가왔다. 그는 우선 아주 오랜만에 서울 변방의 월세집으로 향했다. 근 2개월 동안 몬스터로 생활한다고 바빠 계약을 해지하겠다는 의사도 임대인에게 전하지 못했었다.

"……오랜만이네."

허름한 원룸 빌라의 3층 302호. 세진은 괜한 감회를 담아 헤지고 녹슨 철문을 부드럽게 매만졌다. 이 집의 방범기기는 그 흔한 지문이나 홍채 인식도 아닌 번호키형 도어락이었다.

삑삑삑삑―

네 자리 숫자를 누르자 문이 열리고, 그는 문간을 넘어 방 안으로 발을 내디뎠다…….

"억!"

그 즉시 그리 높지 않은 철문의 틀이 그의 이마를 강타했다.

과거에는 여유롭게 남았던 철문이었는데 그래도 몸이 튼튼해져선지 별로 아프지는 않았다. 세진은 고개를 숙인 채 집 안으로 들어갔다.

"흠흠…….."

집 내부의 모습은 그때 출가한 그대로였지만 먼지만은 가득히 쌓여 있었다. 고작 2개월 비웠을 뿐인데 사람 사는 냄새가 모두 사라져 버렸다.

"음?"

그렇게 원룸 안을 둘러보던 세진은 문득 집전화에서 새어 나오는 푸른 불빛을 발견할 수 있었다.

음성 메시지가 녹음되어 있다는 뜻이었다. 평생 없던 일이었기에 의아하게 그 불빛을 바라보던 그는 곧 한 가지 이유를 떠올릴 수 없었다.

하젤린. 자신은 지하 수도에서 거의 사흘 가까이 잠들어 있었고, 잠에서 깨어 기사에게 날짜를 물어보니 날짜는 벌써 나흘이나 지난 후였다.

그동안 누구에게 연락을 할 겨를이 없었으니 본의 아니게 빚을 진 하젤린의 연락을 씹었다는 뜻이 된다. 괜히 미안해진 그는 부랴부랴 음성 메시지를 켰다. 총 다섯 개가 녹음되어 있었다.

―세진 씨, 저 하젤린이에요. 아, 깜짝 놀랐어요. 갑자기 서울에 강습 사태가 벌어졌다고 해서…… 근데 사상자 명단을 봤는데 세진 씨는 없으시더라고요? 꼭 무사하셔야 하는데…… 진정되시면 꼭 연락 주세요.

처음은 비교적 잠잠했고, 정확히 그 12시간 이후에 하나의 음성 메시지가 더 와 있었다.

　－진정되셨나요? 연락이 없으시네요. 지금 사태는 점점 진정되고 있다고 들었는데…… 아직도 바쁘신가요? 혹시라도 이 음성 메시지를 듣게 되시면 연락주세요.

　그다음은 14시간 뒤. 이 메시지에 녹음된 목소리는 불안으로 떨리고 있었다.

　－세진 씨, 어디세요? 제가 갈게요. 아무래도 만나서 얘기를 해봐야 할 것 같거든요? 아 그리고, 그 마나석이 예상보다 가격이 비쌌어요. 자그마치 50억이에요. 지금 있는 포션을 다 팔아도 세금이고 뭐고 다 떼면 그 절반밖에 안 돼요. 그러니까…… 하. 세진 씨, 세진 씨? 이 메시지 들으면 빨리 연락 좀 주세요.

　세진은 이마에 땀을 흘리며 다음 음성 메시지를 틀었다.

　－김세진 씨, 설마 이 강습을 핑계로 도망치신 건 아니겠지요. 부디 그런 어리석은 짓은 마음에 담아두지도 않으셨으면 해요. 제가 이래 봬도 이 바닥에서 꽤나 유명한 사람입니다. 사람 하나 찾는 건 일도 아니에요. 이름도 알려주셨으

니…… 잠깐, 실명 맞으시죠? 실명도 아닌 거 아냐? 아 어쩐지! 연금술사가 너무 쉽게 실명을 알려주더라…… 후. 저, 그래도 찾습니다. 찾을 거예요. 지구, 아니, 지옥 끝까지 가서 찾아낼 겁니다. 기대해도 좋아요.

이제는 격노였다. 목소리 자체에 열기가 다분했으며, 중간중간 어금니를 꽉 깨물어서 나는 발음이 뭉개진 음성도 심심찮게 들렸다. 그는 한숨을 내쉬며 마지막 음성 메시지를 틀었다.

―……세진 씨. 어제는 제가 좀 감정이 격해져서 어쩔 수 없었어요. 솔직히 세진 씨도 이해가 되실 거예요. 만약 평생 동안 번 돈 중 거의 절반이 순식간에 하늘로 훨훨 날아갔다 생각하시면…… 밤잠을 못 이루시겠죠. 왜 갑자기 멀쩡하던 돈에 날개가 달렸느냐고 분노하고 슬퍼하겠지요? 저도 그랬어요. 저는 요 사흘이 삼 년만 같았어요. 그리고 아시잖아요. 다크엘프는 은행도 쉽게 못 믿는 족속들이라 오직 현금이에요. 저, 다른 재산은 일체 없다고요. 진짜 그거 안 갖고 도망가시면 안 돼요. 제가 얼마나 많은 피땀을 흘려 번 돈인데…… 제발, 제발 연락 좀 주세요.

그녀의 물기가 잔뜩 섞인 목소리는 마지막에 이르러서 애처로운 울먹거림으로 바뀌었다.

세진은 음성 메시지가 끝나자마자 그녀에게 전화를 걸었다.

수화음이 한 번 채 울리기 전에 하젤린이 전화를 받았다.

―여보세요!

"아, 접니다."

―와…….

세진의 말에, 수화기 너머 하젤린은 깊은 안도의 한숨을 내쉬었다. 다행이다, 다행이야…… 라며 몇 번이고 계속 중얼거리는 하젤린에게 세진이 먼저 말했다.

"죄송합니다. 아시다시피 강습 사태에 휘말려서. 그리고 제가 휴대폰이 없습니다. 그래서 연락이 조금 늦어져……."

―아니에요. 아니에요. 괜찮아요 괜찮아. 오히려 고마워요. 저는 최악의 상황까지, 한 일 년? 예상하고 있었는데, 고작 나흘 만에 연락주셨으니까…… 어디세요? 저희 지금 만나요.

"아, 그게……."

그녀의 말에 그는 잠시 거울을 통해 자신의 몸과 얼굴을 훑어보았다.

'인간형'을 취한 김세진과 흑색 늑대가 '인간화'를 취한 김세진은 비슷했지만 독립적이었다. 후자의 얼굴은 본래 세진과 비슷했지만 다른 점도 있었다.

일단 선이 전체적으로 날카로워졌으며 이목구비가 또렷해졌다. 한마디로, 원래 강아지상이었던 얼굴이 조금 날 선 늑대상으로 변해 버렸다.

한데 그렇다고 전자, 인간 김세진이 그대로인 것도 아니다. 갑작스레 능력치가 급상승한 탓인지 골격과 체격이 급성장했다.

간단히 두 모습을 스펙으로 비교하자면 이렇다.

인간 김세진이 키 179㎝에 몸무게 77㎏로 알이 꽉 차고 다부진 몸이라면, 야수 김세진은 키 189㎝에 오직 근육으로만 이뤄진 100㎏이라 육체 자체가 흉기나 다름이 없었다.

'이대로 만나면 문제가 많은데.'

물론 그녀와 만날 때는 항상 로브의 후드를 뒤집어썼으니 얼굴은 문제될 것이 없지만, 신장이 문제다. 둘 중 어느 폼을 취하든 키가 너무 커버렸다.

"나중에 만납시다. 한 일주일 뒤에. 제가 포션을 하나 만들어야 되거든요. 거의 성공 직전이라 개인 공방에서 움직일 수가 없습니다."

ㅡ예? 바로요? 무슨 포션인데요?

"그……."

그는 잠시 머뭇거리다가, 입술에 침을 두르고는 대답했다.

"키 크는 포션이요."

ㅡ……뭐요?

하젤린의 벙찐 목소리가 들려왔고, 김세진 또한 아랫입술을 깨물었다. 그러나 아무리 어이없는 거짓말이라 하더라도 어쩔 수 없었다. 다른 방도는 도저히 생각이 나지 않았다. 고작 2~3센티 자란 것도 아니니까.

"혹시나 해서 말씀드리지만, 이 포션은 절대 안 팝니다. 무슨 일이 있어도."

─…….

말문을 잃은 하젤린을 뒤로하고, 그는 뻔뻔하게 나가기로 결정했다.

7장
오크의 대장간

－균열이 생겨난 구밀교회에서 혈액 없는 시체와 백골이 무수히 발견된 점으로 미루어 보아, 수사당국은 이 균열이 '뱀파이어'의 소행이 아닌가 의심하고 있습니다. 근 5년 만에 발생한 몬스터 강습과 더불어, 근래 모습을 드러내지 않았던 뱀파이어의 출몰에 시민들은 다시금 불안……

　버릴 물건은 놔두고 간직해야 할 물건은 품속으로 챙기고 있는 와중에, 허름한 TV에서 흘러나오는 영상이 세진의 눈길을 끌었다. 뱀파이어의 출몰이 의심된다는 내용의 뉴스.

　"……."

　그 뉴스를 보던 그는 무의식적으로 손에 쥔 액자를 움켜쥐었다. 이 액자 속에 담긴 사진은 그의 유일한 가족사진이었다. 이제 추억과 상처의 경계에 남은 이 빛바랜 사진은 그가 어머니를 잃기 바로 전날에 당신과 함께 남긴 마지막 유년시절이었다.

이제와 돌이켜 보면 당신께서는 죽음을 예감하셨던 것인지도 모른다.

'불의의 사고'라 포장된 사건이 발생하기 바로 전날. 유난히도 밝았던 표정과 동시에 유난히 서글펐던 모습. 어린아이와 함께 사진을 찍고 액자를 만든 어머니께서는 다음날 아침 출근을 하신다며 집을 떠나시고는 영영 돌아오지 못하셨다.

표면적인 이유는 교통사고. 그러나 세진은 그 어린 나이에도 어느 정도 짐작은 할 수 있었다. 교통사고를 당했다면 시체가 그렇게 깨끗하지도, 그렇게 창백하지도 않다. 입관 때 보았던 어머니는 그저 편히 잠드신 모습 그대로였다.

하지만 그렇다 하더라도 그 당시에는 아무것도 할 수 없었다. 그때 그는 고아가 된 7살배기 어린아이였을 뿐이다.

―18년 전 정부에서 '뱀파이어와의 전쟁'을 선포한 이후 뱀파이어는 그 종적을 잠시나마 감추었는데요, 이 사건은 그들이 여전히 지하조직을 이루고 있다는 증거가 될…….

세진은 저도 모르게 입술을 꽉 깨물었다. 박쥐. 쓰레기,

혹은 그보다 더한 오물덩어리들. 혈액을 식량으로 살아가는 그들은 필연적으로 인간과는 어울리지 못할 족속들이었다. 그렇다고 인간이 그들에게 배려를 하지 않은 것도 아니었다. 그러나 짐승의 피는 더럽다는 이유로, 그들은 인간을 철저히 배신했다.

그리고 지금, 그 빌어먹을 박쥐 새끼들이 또다시…….

세진은 주먹을 움켜쥔 채 거울 속의 자신을 바라보았다.

15년 전, 마냥 울기만 했던 어린아이는 그곳에 없었다.

오크는 그 '등급'에 따라 생활 방식이 현저히 다른 아주 특이한 몬스터다.

최하급~하급 지대의 오크, 오크 전사는 무리를 이루지 않는다. 그저 필요할 때 교미하고 번식하며 하루하루 고독한 투쟁의 삶을 살아갈 뿐. 그래서 그들은 무기를 사용하지 않거나, 사용하더라도 아주 조악한 목제 무기가 끝이다.

그러나 중하급 지대 이상의 오크라면 그 이야기가 달라진다. 이쪽의 오크는 다수의 개체가 모여 부락을 이루며 살아간다는 점에서 고블린과 비슷하지만, 철저한 분업화가 되어 있다는 점에서 다르다.

빠른 발로 정찰을 하여 식수 혹은 식량의 위치를 파악해

내는 오크 정찰병, 정찰의 정보로 사냥을 하거나 다른 몬스터, 기사, 그리고 사냥꾼에 대항하는 오크 전사와 오크 재규어, 경험과 연륜이 쌓여 부족 안에서 부족을 지키는 오크 대전사, 그리고 그 부족을 통솔하는 오크 족장.

"야, 잠깐 저거……."

"쉿! 맞아. 오크 부족."

그러나 오크의 사체는 그 낮은 가치에 비해 위험도가 굉장히 높다. 오크 대전사만 하더라도 등급에 관계없이 최소 중상급 기사와 맞먹는 강함을 지니고 있으니.

하지만 그럼에도 기사단은 오크 부족이라면 눈에 불을 켜고 달려든다.

그 이유는 오직 하나다. 바로 '오크의 대장간'.

"오늘 운이 좋네. GPS 찍고 빨리 도망가자."

"오케이. 근데 이거 거의 중간 규모 부족인데 그러면 얼마 랬지?"

오크 부락 내에는 조잡한 대장간이 여럿 존재한다. 부족을 이루며 살아가는 오크의 본업은 어쩌면 모두 대장장이로, 그들은 자신이 사용하는 무기는 오로지 자신이 만든다. 그것이 오크 전사냐, 오크 재규어냐, 오크 대전사냐에 따라 그 무기의 완성도가 변하는 이유다.

그러나 오크의 제작 능력은 그 등급이 높을수록 뛰어나서 오크 부락이 존재치 않는 최하~하급 지대나, 있어도 제작 능력이 변변찮은 중하급 지대의 오크는 별다른 관심을 받지 못한다.

"새벽이 아마 제일 많이 줄 텐데. 저번에 5억 정도 준댔어."

하지만 이곳은 중급 지대의 오크부락. 오크 재규어가 들고 있는 무기가 웬만한 직공이 만드는 무기보다 훨씬 뛰어나고, 대전사나 족장이 만든 무기는 아마 명인의 그것과 비교가 가능하거나 더욱 탁월할지도 모른다.

그리고 기사단은 그 무기를 얻기 위해 오크 부족을 공략한다. 당연 기사들에게는 무기가 아주 중요하기 때문이다. 그것은 마력이 뛰어난 기사일수록 더더욱 그렇다.

하지만 그건 '무기가 좋으면 더욱 강해지니까 좋다' 같은 부수적이고 단순한 이유가 아니다. 만약 기사의 마력에 비해 무기가 형편없다면 그 무기는 기사의 마나를 견뎌내지 못하고 폭발해 버린다.

현재 중상급 이상의 기사는 대한민국에서만 2,500명 가까이 되지만, 그 수준에 알맞은 무기는 현재 파악된 것만으로도 고작 이천 개 남짓. 이것은 약 오백여 명의 기사가 매번 전투에 나갈 때마다 무기가 파손되어 커다란 상흔을 입는다는 뜻이 된다. 게다가 이건 타국에서도 마찬가지인 상황이라 해외에서 수입하는 것도 불가능.

그렇기에 대부분의 기사단은 이 '오크의 대장간'에 높은 금액의 현상금을 걸었다. 특히 새벽 기사단은 절실할 정도였다. 그쪽은 돈은 넘쳐 나지만 좋은 무기가 없어 발을 동동 구르고 있는 노릇이니.

"GPS 찍었다. 이제 빨리⋯⋯."

그러나 기사단이 그런 높은 금액의 현상금을 건 이유는 분명히 존재했다.

중급 지대에 살아가는 오크들은 부족을 중요시 여기고, 그 주변의 기척을 귀신같이 감지해 낼 수 있다.

─크어어어어!

들끓는 포효에 산세가 부르르 떨었다.

"어, 엿됐⋯⋯!"

두 사냥꾼은 뒤도 안 돌아보고 도망쳤다. 방금은 분명 다른 오크들에게 명령을 내리는 오크족장의 고함일 터. 필히 오크들이 자신들을 쫓아서⋯⋯.

─쾅쾅쾅쾅!

과연 중상급 사냥꾼의 예상은 정확히 적중했다. 흙먼지와 잡초를 나부끼며 형형한 오크 네 마리가 부락에서 뛰쳐나와 그들에게 질주했다. 출발선의 차이는 있다. 그러나 마나를 제대로 다루지 못하는 사냥꾼이 그들에게서 도망칠 수 있을 리는 없다.

"멈추지 마!"

사냥꾼들은 그 명백한 좌절 속에서도 포기하지 않고 뜀박질을 계속했지만 하늘도 무색하게 그들은 이내 더욱 큰 절망을 만나게 되었다.

"……허."

저 숲속에 있는 검은 형체. 처음에는 그저 희끄무레하니 그 정체가 불분명했다. 그러나 그 지척까지 달려와 보니 알 수 있었다.

이곳에 있어서는 안 되는 신화 속의 괴수, 웨어울프. 두 사냥꾼은 그 이족 보행하는 늑대 괴수를 본 그 즉시 다리에 힘이 풀려 바닥에 주저앉았다.

'진짜 거슬리네…….'

그리고 세진은 한숨을 내쉬며 주저앉은 두 사냥꾼과 뒤에서 달려오는 오크 재규어 넷을 바라보았다. 갑자기 오크의 냄새가 진하게 느껴져서 부랴부랴 달려와 봤건만 또 인간이 끼어 있었다.

중급 지대에는 사냥꾼들마저도 장비에 투자를 많이 했는지, 마법 아이템으로 냄새를 제거하는 사람이 많아 이럴 때면 여간 곤혹스러운 게 아니었다.

벌써 일주일 새 네 번이나 마주쳤고, 이미 중급 지대에 웨어울프가 떠돈다는 소문은 사냥꾼 카페에 파다하게 퍼져 버렸다.

"……시, 시발…… 웨어울프가 왜……."

그래도 다행히, 오크 재규어 네 마리면 오늘의 할당량 정도는 된다. 절망의 늪에서 허우적거리는 사냥꾼들은 무시하고, 세진은 두 다리를 크게 굴러 하늘로 도약했다. 검은 야수는 창공을 가릴 듯 높게 치솟아 오크 재규어를 향해 활강했다.

그런 그의 탄탄한 육체에는 붉은 기운, '역전의 전사'의 증거가 희끗희끗 보이고 있었다.

－꿰엑!

강철보다 단단한 손톱으로 먼저 한 놈의 목을 꿰뚫는다. 멱이 따인 오크 재규어는 그대로 즉사. 그러나 아직 세 놈이 더 남아 있다.

그는 팔을 강하게 휘둘러 오크의 머리를 후려쳤다. 몸과 분리된 머리통이 농구공처럼 튕겨져 나갔다.

아주 찰나에 둘이 소멸되었음에도 오크들은 공포 따윈 없이 오직 공격 일변도였다. 족장에게 '침입자를 처치하라'는 암시를 받은 오크 재규어에게는 그 이외의 삶의 목적은 없다.

－크어어어어!

오크가 고함을 내지르며 반듯한 철제 망치로 야수의 팔을 가격했다.

솔직히 아프지 않을 줄 알았다. 야수의 몸은 강철보다 몇 곱절은 튼튼했으니.

"……그어어어어어!"

그러나 예상외로 지극히도 아팠다. 눈물이 핑 돌 정도로.

세진은 그 즉시 격한 분노를 담아 오크의 목을 움켜쥐었다. 놈의 초록 얼굴에 핏기가 사라져가자, 아직 하나 남은 오크가 동료를 도와 세진에게로 달려들었다.

―퍽!

간단하고 단단한 피격음. 세진은 오크의 몸으로, 다른 오크의 머리를 후려쳐 둘 모두를 동시에 죽였다.

'아파 죽겠네.'

전투가 끝나고, 세진은 망치로 얻어맞은 팔을 스윽스윽 매만지며 뒤로 돌았다. 사냥꾼 두 명이 멍하니 지켜보고 있을 줄 알았는데, 그들은 이미 저 멀리 도망가고 남은 것은 초라한 흙먼지뿐이었다.

"오?"

순간의 공포에 얽매어 삶을 지레 포기하지 않는 자세. 역시 중상급 사냥꾼은 뭔가 다르다. 세진은 감탄하며 오크 재규어의 사체로 다가갔다. 그러곤 오만상을 찌푸린 채 그 심장 속으로 손톱을 집어넣었다.

살점을 뚫고 심장을 만지는 물컹한 감각은 언제나 극히 혐오스러웠다.

[조건 완료: 오크 재규어의 마나석 20개 흡수]

-오크의 고유한 '단조(鍛造)기술'을 사용할 수 있습니다.

▶ 액티브 스킬 '오크의 단조(鍛造)' [숙련 등급 F]

-특정한 금속·암석·목재에 몸 안의 마나를 동기화하여 그 형체를 자유자재로 변화시킬 수 있습니다.

-단조가 끝난 물체는 숙련 등급에 따른 새로운 강도와 경도를 지니게 되고, 마나량에 따라 원하는 성질을 부여할 수 있습니다. (다만, 아직 물리효과가 아닌 마법 효과는 불가능)

-근력과 마력 능력치에 따라 효과가 달라집니다.

-이 스킬은 오크폼일 때에만 사용이 가능합니다.

'음?'

흡수를 완료하자, 전혀 생각지도 못한 스킬이 생겨 버렸다. 그는 고개를 잠시 동안 우두커니 서서 그 문장의 이해에 힘썼다.

－오크가 어떻게 제련, 제강, 단조를 할 수 있는지에 대해서는 알려진 바가 없습니다. 그들의 부족에 있는 대장간은 최대 화력이 고작 1,200도씨에 불과할 정도로 약소하지요. 하지만 오크가 만들어내는 무기의 완성도는 도저히 그 화력은 물론 현대의 최첨단 시설로도 설명이 불가능한 어쩌면 이 시대의 진정한 미스터리……

세진은 동굴의 한쪽 벽에 투사되는 홀로그램 영상을 유심히 바라보았다. '대장장이의 세계 2편, 오크의 불가사의'라는 다큐멘터리였다.

적당한 실마리를 얻으려고 무려 500원이나 내면서 다시보기를 샀는데, 오히려 몬스터라는 미지에 대해 인간이 알고 있는 부분은 극히 일부라는 사실만 알게 되었다.

'몸 안의 마나를 동기화……? 일단 해봐야지.'

마나 친화력과 마력이라는 두 능력치가 현저히 상승했음에도, 마나를 다룬다는 개념은 여전히 감이 잡히지 않았다.

사실 당연했다. 마나를 다루기 위해서는 그 재능보다 더욱 앞서, 조기교육이 필요한 법이니까.

하지만 이건 마나를 사용하긴 하지만 '마나를 다루는 기술'이 아니라 시스템의 도움을 받는 '스킬'이다.

그는 오크폼으로 변해 근처에 커다란 돌멩이를 하나 쥐고서 스킬을 사용했다. 그러자 갑자기 돌멩이가 마나의 푸른빛으로 물들었다.

"호?"

오크의 구강 구조로 낼 수 있는 최대한의 감탄사였다.

세진은 그 마나에 에워싸인 돌멩이를 손으로 만지작거렸다. 신기하게도 돌멩이는 그의 손길에 따라 형체가 변해 갔다. 뾰족한 세모처럼 각을 잡으니 하나의 창날이 되었고 두 손으로 비벼보니 굵은 실이 되었다.

마치 찰흙처럼 오물조물 만질 때마다 그 형태가 변하는 모습에 세진은 넋을 놓고 동심으로 돌아갔다.

　그렇게 한 3분 정도 그랬을까. 돌멩이에 스며든 푸른 마나가 사라지고, 돌멩이는 마지막에 이루고 있던 형체인 별모양으로 굳어졌다.

[단조가 완료되었습니다.]

[강도 단계: E]

[완제품의 완성도가 형편없어 숙련 등급이 F-로 감소합니다.]

"……?"

　그는 순간 어이가 없어 벙쪘다. 별이 뭐가 어때서.

'답답해 뒈지겠네.'

　김세진은 마나와 동기화가 되어 흡사 찰흙이 된 돌멩이를 오물조물거리다가 순간 화딱지가 치밀어 돌멩이를 그대로 내던졌다.

　이상과 현실의 간극이 너무 심하다. 분명 인간인 김세진의 머릿속에는 구상이 있고 그 구상을 따라 잘 만들고 싶은데, 오크의 빌어먹을 저주받은 손재주로는 그게 불가능하다. 학창 시절의 미술시간 같은 느낌이다.

　분명 머릿속에는 있는데, 이렇게 그리면 참 좋을 것 같은데 손이 병신이다.

그것만으로도 짜증 나 죽겠는데 다음에 떠오르는 알림창은 잠시 동안 그를 고혈압으로 만들었다.

[단조가 완료되었습니다.]
[강도 단계: F]
[완제품의 완성도가 최악이기에 숙련도가 감소합니다.]

"……으아아아아악!"

결국 세진은 인간형으로 변해 괴성을 내지르며 머리를 헝클었다.

내려갈 곳 없는 끝바닥이 F-등급인데 왜 자꾸 숙련도가 감소한다는 건지 할 수만 있다면 저 알림창을 깨부숴 버리고 싶을 지경이다.

벌써 스무 번째다. 그 스무 번 동안 나온 단어라고는 최악, 형편없음, 혐오 이딴 부정적인 것들뿐이다.

"하아……."

성취는 눈곱만큼도 없는데, 몸이 노곤하고 나른해져 왔다. 슬슬 마나가 떨어져 간다는 신체 신호다. 세진은 거친 한숨을 내뱉으며 땅바닥에 드러누웠다.

"……!"

그리고 정확히 90초 뒤, 김세진은 몸을 벌떡 일으켰다.

그야말로 온탕속의 아르키메데스가 된 심정이었다. 그는 눈을 동그랗게 뜬 채 소리쳤다.

"고블린!"

오크폼으로 단조 스킬을 사용하여 돌멩이와 마나를 동기화해 놓고, 고블린폼으로 변화하여(이 스킬은 오크폼으로만 사용할 수 있지만, 한 번 사용하면 마나량에 따라 특정 시간 동안 계속 지속되는 형식이어서 형체를 조정하는 것은 다른 폼으로도 가능했다) 그것을 다듬는다.

오크의 단조 기술과 고블린의 빼어난 손재주. 이건 실로 최강의 조합이 아닌가. 그는 퍼뜩 오크폼을 취하고서, 다시 주변에 나뒹구는 적당한 크기의 돌멩이 하나를 집어 들었다.

"됐다……."

이마에 한 줄기 문신이 새겨진 고블린이 만족의 한숨을 길게 내쉬었다.

[단조가 완료되었습니다.]
[강도 단계: E]
[완제품의 완성도가 뛰어나 숙련도가 증가합니다.]

기분 좋은 알림, 그의 입가에 깊은 호선이 패였다.

지금 그가 제작한 물건은 하나의 대거였다. 짧은 검날이 초승달 모양으로 휘어져 있는 돌멩이 단검.

암석으로 만들었기에 무기로 쓰지는 못하겠지만, 그래도 스킬 활용이 처음으로 제대로 되어서 퍽 만족스러웠다가…… 별안간 다시 불만족스러워졌다.

"이상하네."

김세진이 중얼거렸다. 만족은 잠시뿐, 더욱 좋은 물건을 만들어내고 싶었다.

그의 천직이 대장장이라는 의미가 아니었다.

웨어울프의 마나석을 흡수하고, 뱀파이어가 출몰했다는 뉴스를 본 이후로 그에게는 묘한 내적 변화가 생겼다. 야심이라는 말이 옳았다.

평생을 가난하여 단 한 번도 품어보지 못했던 단어. 그러나 심장에 담겨진 야수의 마나석은 그 야심을 부단히도 원했다.

늑대의 야망, 그것이 늑대인간과 철천지원수 사이인 뱀파이어의 출몰을 계기로 그의 의식에 완전히 스며들게 된 것이다.

"흠."

그러나 곧바로 재시도를 하기에는 마나의 부족으로 말미암은 미진한 탈력감이 느껴졌기에 그는 일단 휴식을 취하기로 결정하고 근처의 돌침대에 몸을 뉘였다.

일주일 뒤, 하젤린과의 저녁 약속을 위해 동굴을 나와 시가지를 거닐던 그는 예전이라면 전혀 관심을 가지지 않았을 간판을 발견하게 되었다.

〈태백 무기점〉

심플한 이름의 무기점. 그러나 저 이름의 무게는 결코 가볍지 않았다. 태백, 대한민국에 17명 있는 명인 중 한 명의 이름이다. 대장장이와 관련이 있는 스킬이 생긴 만큼 관심이 동하는 무기점이었지만 그러나 이미 약속 시간이 얼마 남지 않았다.

"……공모 대회?"

그래서 그는 무기점 안으로 들어가는 대신, 그 전시용 유리 앞에 붙어 있는 포스터를 바라보았다.

[제4회 대한민국 대장장이 공모 대회]

재능있는 대장장이 지망생들이 꿈을 펼칠 수 있는 기회.

▶응모 자격: 대장장이를 꿈꾸는 모든 사람. (단, 장인 이상은 지원 불가능.)

▶참가 방법: 정해진 주소로 우편을 보내거나, 직접 방문하여 접수.(익

명, 별호로 신청 가능)

▶공모 과정: 예선, 1차 심사, 2차 심사, 최종 심사의 총 네 과정이 있음. 마지막 최종 심사에서는 청중들이 심사에 참여. (단, 1차, 2차, 최종 심사로 단계가 올라갈 때마다 새로운 장비를 출품해야 함.)

▶시상 내용: 총 상금 10억 원.

▶후원사: 기업 새벽, 새벽 기사단, 현월경매장, 칠흑 기사단 등등…….

[꿈을 갈망하는 많은 대장장이의 참여를 기다리고 있습니다.]

멍하니 포스터를 바라보던 그의 머릿속에 가장 먼저 떠오른 생각은 '빚'이었다. 하젤린에게 진 빚, 무려 50억.

그리고 집에 대한 생각도 들었다. 이제 인간형으로 하루에 절반 가까이 있을 수 있으니, 동굴에서의 생활은 하루라도 빨리 졸업하고 싶었다.

"……흠."

그는 주위의 눈치를 슬쩍 살피며 그 포스터 쪽으로 슬금슬금 다가가더니.

쫘악–

포스터를 그대로 찢어서 들고 바삐 발걸음을 움직였다.

레스토랑에서 세진을 기다리던 하젤린은 정말로 키가 커

져서 돌아오는 그의 모습에 놀랄 틈도 없었다.

"……이게 다 고작 열흘 새에 만든?"

"아뇨, 반년 걸렸습니다. 꼬불쳐 뒀던 거 가져온 겁니다. 그것보다, 이 정도면 얼마 정도 될까요?"

총 열 개의 포션. 그중에서는 검치를 갈아서 만든 '고블린의 선의'가 두 병 끼어 있었다. 아쉽게도 이걸로 검치가 모두 다 소진되었기에 세진의 표정은 조금 씁쓸했지만, 하젤린의 만면은 기쁨과 즐거움이었다.

"세금까지 다 떼면 23억 정도 할 것 같네요~ 그러니까 전에 파셨던 거까지 합치면 이제 한 3억? 정도 남으셨어요."

"아직도…… 그렇구나…….."

두 사람의 대화가 잠시 끊겼다. 직원이 음식을 내왔기 때문이었다.

"맛있겠네요."

세진이 두툼한 스테이크를 바라보며 말했다. 하젤린은 고개를 끄덕이고는, 식탁 위에 널브러져 있던 포션들을 가방 안으로 소중히 담았다.

"아."

"저기."

나이프와 포크를 쥐기 전에, 두 사람이 동시에 입을 열었다. 세진이 먼저 하라는 손짓을 하자 그녀가 말을 이었다.

"근데 정말 향수 뭐 쓰시는지 알려주시면 안 되나요?"

"……예?"

"아니, 정말 다른 뜻이 있는 게 아니라, 냄새가 좋아서 그래요. 저도 뿌리고, 집에서도 맡고 싶어서."

하젤린이 볼을 긁적이며 은근하게 물어왔다. 그는 곤란하다는 표정으로 고개를 저었다.

"그러고 싶으시면 저를 집으로 데려가야 해요. 정말로 향수가 아니라 체취니까."

"……에이."

그의 말에, 하젤린이 음흉한 표정으로 그를 바라보았다. 역시 이럴 줄 알았다. 아닌 척하더니, 이건 아주 원론적인 작업이 아닌가.

"저도 그러고 싶지만…… 아시잖아요? 다크엘프는 프라이버시에 민감해요. 그러지 말고 정말 무슨 향수를 쓰는지, 알려주기 조금 그러시면 힌트만 조금……."

"정말이에요. 진짜로 향수가 아니라 체취예요."

그러나 세진은 단호했다. 하젤린은 그 엄격한 태도가 불만스러운 듯 미간을 살짝 좁혔지만, 이내 알겠다는 듯 마지못해 고개를 끄덕였다.

"알았어요. 뭐…… 연금술사님이 그러시다면 그런 거지."

그렇게 말하는 그녀의 입술은 퉁명스레 삐죽 나와 있어, 누가 보아도 삐졌다는 모양새였다.

"아니, 뭐 정말 집에서도 이 향기를 원하신다면…… 진짜 데려가시든가요."

그게 괜히 귀여워 세진이 능글맞게 말했다.

"풋, 제안은 정~ 말 고맙지만, 괜찮아요."

하젤린은 웃으며 그 농담을 받아주었고, 그렇게 화기애애한 분위기와 활발한 대화는 끊기질 않았다. 말하는 쪽은 세진이었고, 들으며 웃는 쪽은 하젤린이었다.

어쩌면 하젤린이 그의 비위를 맞춰주고 있는 건지도 모르지만, 그래도 세진은 이상하게 이 미인을 앞에 두고서도 자신감이 끊임없이 솟았다.

그녀와 독대할 때면 불규칙하게 박동했던 심장도 그대로고, 긴장 따위는 일말도 존재치 않는다.

이것은 어쩌면 '야수의 심장'이라는 웨어울프의 작용 중 하나, 혹은 '나 자신'에 대한 믿음으로 말미암은 자신감과 자존감의 비약적 상승.

그러나 둘 중 무엇이든 간에 세진은 지금의 자신이 만족스러웠다.

"근데, 요즘 대장장이는 돈을 많이 버나요?"

문득 떠오른 생각에 그가 운을 띄웠다.

이 단조 능력의 숙련 등급이 오르면 대장장이 축에서도 꽤 좋은, 아니, 그 정점에 이르렀다는 명인과도 비교가 가능할지도 모른다.

거기에 고블린의 손재주까지 합쳐진다면, 예술성과 실용

성 모두 완벽한 명품을 만들 수 있겠지. 그저 썩히기엔 아쉬웠다.

"잘 만들기만 하면 많이 벌죠. 근데 어디 그게 쉽나요? 마나 재능까지 어느 정도 있어야 경지에 오를 수 있는 직업이 대장장이인데, 명인이 될 수 있을 정도의 마나 재능이 있으면 차라리 기사 하는 게 낫죠. 매번 후덥지근한 대장간에서 망치만 뚜들기고 있는 건 재미도 없고, 무엇보다 제대로 된 완성품 하나 만드는 데 2~3년 정도 걸리는데."

"아, 잠깐. 대장장이들도 마나를 다뤄요?"

"그럼요. 마나가 서린 망치로 팡팡 뚜들기다 보면 장비에 마나가 스며든다네요. 스며든 마나량이 많을수록 좋은 장비가 되는 거고. 근데 그게 뭐예요? 그냥 운이지."

하젤린이 심드렁하게 대답했고, 세진은 진한 만족의 미소를 지었다.

오크 대전사의 무기가 장인보다 뛰어나고, 명인의 명품과도 맞먹는 이유가 바로 여기에 있는 듯했다. 대장장이들은 요행으로써 마나가 스며들기를 기대하지만, 오크는 그 신체적 특성을 이용하여 마나를 아주 직접적으로 활용하며 단조를 한다.

"근데 그건 왜요?"

하젤린이 고기를 꼭꼭 씹으며 물었다.

"……아. 그냥, 근처에 대장장이 공모 대회라는 포스터를 봐서요. 근데 명인이나 장인이 만드는 물건은 보통 얼마쯤 할까요?"

"가격은 어마어마하죠. 아마 최근에 거래된 장비 중에 '록타의 힘'이라는 도끼가 있는데. 평단에 엄청난 호평을 받고, 많은 명인들이 극찬을 한 무기거든요? 매스컴에서도 한국의 자랑거리가 하나 탄생했다면서 치켜세워 주고. 새벽 기사단이 그걸 300억 정도에 낙찰했을 거예요."

그 말을 듣는 순간 세진의 칼질이 잠시 멈췄다.

"……그렇군요."

세진은 두근거리는 심장을 진정시키며 최대한 태연히 대답했다.

그리고 그로부터 한 시간 뒤, 동굴로 부랴부랴 돌아가는 그의 품에는 한 움큼의 철주괴가 들려 있었다.

강철을 사고 싶었지만 돈이 부족했다.

[단조가 완료되었습니다.]

[강도 단계: D]

[성질 부여에 성공했습니다. : 'C등급 날카로움', 'D등급 경량화']

[완제품의 완성도가 탁월해 숙련 등급이 F에서 D-로 상승합니다.]

"좋군."

고블린, 김세진은 단검을 만지작거리며 만족스럽게 말했다. 짧지만 예리하게 뻗은 검신에는 고블린의 손재주가 십분 발휘된 섬세한 문양이 새겨져 있고, 암석으로 이뤄진 칼자루는 깔끔하고 가볍다.

사실 가능하면 '검'이나 '도'같이 좀 더 길고 파괴적인 무기를 만들고 싶었는데, 현재의 숙련 등급과 마나량을 고려하면 이 단검이 한계였다.

아무리 마나를 많이 쏟아부어도 '단조'의 지속시간은 10분에 불과했고, 고작 10분 동안 고블린의 작디작은 손으로는 단검 이상은 힘들었기 때문이다.

그러나 그 아쉬움과는 별개로 이 단검은 퍽 마음에 들었다.

오크의 단조와 고블린의 손재주가 합쳐진 무기이자 공예품. 물론 자신이 만들었다는 생각에 조금 많이 미화된 감도 없지 않아 있지만, '탁월한'이라는 단어는 이게 처음이었다.

'그나마 이게 최선이네.'

가능하다면 숙련 등급을 더 올리고서 공모 대회에 출품하고 싶었지만, 당장 신청 마감이 내일이라 어쩔 수 없다.

일단 예선을 뚫고 1차 심사까지 가면 새로운 장비를 만들 기회가 주어지니, 그때를 위해 열심히 숙련 등급을 올려놓자.

김세진은 인간폼으로 변해 몸을 일으켰다.

"저기요, 무기류는 어떻게 배송해야 하나요?"

단검을 주머니에 숨긴 채, 범죄자처럼 우체국 안을 서성이던 세진은 결국 카운터의 직원에게 물었다.

"예? 무기류요?"

"네, 제가 대장장이 공모 대회에 참가해야 하거든요."

세진은 의자에 앉아 있는 직원을 굽어보다시피 하며 말했다. 그는 지금 야수의 인간화, 189㎝의 김세진이 되어 있었다.

"아하, 그러시면…… 그게 따로 있을 거예요, 아마. 잠시만요."

직원은 서랍을 뒤적이더니 종이 한 장을 꺼내 그에게 건넸다. 공모 대회 신청서였다.

"다 적으시고 제출하시면 돼요. 근데 늦게 오셨네요? 대부분은 신청 기간 첫날에 왔다가셨는데."

"아, 저는 좀…… 만드는 데 오래 걸렸어요. 그분들처럼 미리 만들어 놓지를 않아서."

세진은 신청서를 들고 근처 의자에 앉았다. 신청서에는 이름, 연락처, 주소. 오직 이 세 가지만 있었다.

그는 일단 이름을 제외한 공란에는 모두 제대로 적었으나, 가장 중요한 '이름'란에는 김세진이라는 본명을 적기에 조금 부담스러워 어제 생각해 둔 별호를 적었다.

"여기요. 얼맙니까?"

"배송은 대장장이협회에서 부담하는 거래요."

"아……."

세진은 고개를 끄덕이고는 감사하다고 말하며 우체국을 나섰다.

우체국은 시내 한복판에 위치하고 있어, 나오자마자 많은 인파가 보였다. 그는 동굴로 돌아가지 않고 일부러 사람들의 틈에 섞여서 길을 걸었다.

좌절과 절망 속을 헤엄치다가 마침내 얻은 잠깐의 자유를 만끽하고 싶었다.

힐끗.

눈동자가 돌아가는 소리가 들린다.

부단한 고생 끝에 얻은 자유는 생각보다 더 달콤했다.

멀리서도 눈에 확 띌 정도로 다부진 체격과 수컷이라는 말이 어울리는 날카로운 얼굴. 지금의 김세진은 과거와는 전혀 달랐다.

이성의 관심을 포기했었던 과거와는 달리, 지금은 그저 길을 걷기만 해도 이성이 눈길을 보냈다. 괜히 그를 의식하며 헛기침을 하며 머리를 넘기는 여성도 있었다.

참, 재미있는 광경이었다.

"……?"

한데 어느 순간. 그의 콧속으로 의외의 향이 흘러왔다. 놋쇠의 냄새가 희미하게 아른거리는 인간의 그것과는 확연히 다른 기묘한 혈향(血香). 세진은 그 아릿한 향내를 찾아 고개를 두리번거렸다.

그리고 발견할 수 있었다. 겉보기에는 너무 평범한 사람으로 보이는 두 명의 남녀. 그러나 피비린내의 근원지는 바로 저 두 명이었다.

세진은 서서히 발걸음을 움직였다. 인파 속에 숨어 저 둘을 미행한다. 그는 자신이 왜 이러는지 이해가 가지 않았다. 그러나 단지, 이래야 할 것 같았다. 어쩌면 본능이었다.

그렇게 그들을 뒤따라가던 와중에 갑자기 시야가 넓어졌다. 본능에 감응한 '늑대의 동공'이 자연적으로 시전된 듯했다.

모든 색감이 한층 더 진해진 세상 속에서 세진은 볼 수 있었다. 저 두 명의 남녀. 정확히는 남자 쪽에서 풍기는 불길한 피의 기운을.

'뱀파이어.'

그 한 단어를 떠올린 순간. 그의 이성이 흐릿해졌다. 심장이 거칠게 박동하고 숨이 가빠졌다. 지금 당장에라도 뛰어들어 저 남자의 머리통을 깨부수고 싶다는 늑대의 살의가 의식을 잠식해 갔다.

그러나 인간 김세진은 가까스로 참아냈다.

아직, 아직. 조금만 더 기다리자. 확실한 기회를 노려야 한다…….

다행히도, 오래 기다리지는 않아도 되었다. 남자는 여성의 손을 잡고 허름한 주택단지로 향했다. 아마도 흡혈을 위해서 겠지. 그는 급히 발걸음을 움직였다.

인간이 뱀파이어라는 종족의 일거수일투족에 촉각을 곤두 세우면서 흡혈 행위는 상당히 조심스러워졌다. 귀찮더라도 현혹을 이용해 꾀어내고, '실내'에서 흡혈을 한다. 그것은 어느새 뱀파이어들의 불문율이 되었다.

남자 흡혈귀, 유상현은 만족한 표정으로 꾀어낸 여성을 제 집 안으로 끌어들였다. 현혹에 잠식된 이 아름다운 여성은 이제 자신만의 식량 창고가 될 터였다.

1년, 주기적인 흡혈에 의해 몸이 급속도로 노화되기 전 까지.

"……누워."

그가 그렇게 말하자, 여성은 아무런 반항 없이 침대에 누웠다. 긴 원피스 한 장만을 걸치고 있는 그녀의 모습은 더없이 고혹적이었다.

그는 천천히 그녀에게로 다가가 그 몸을 부드럽게 매만

졌다. 발가락에서 정강이, 정강이에서 허벅지. 더 위로, 좀 더 위로…… 곤두선 촉각은 유상현에게 깊은 황홀감을 선사해 주었다.

그런 도저히 참을 수 없는 쾌락에 그가 그녀의 몸을 찍어 누르듯 덮쳤을 때.

―똑똑.

노크 소리가 울렸다. 그것은 그 어느 누구보다 청각이 예민한 흡혈귀에게는 최악의 훼방이었다. 상현의 표정이 흉악하게 일그러져 갔다.

"……시발."

충혈된 눈을 치켜세우며, 그는 욕설을 뇌까렸다.

―똑똑똑똑똑똑똑.

그러나 저 문 너머의 누군가는 다시금 노크를 해왔다. 오히려 전보다 더욱 공격적이었다.

그 몰상식한 예의에 격노한 유상현이 으르렁거리며 몸을 벌떡 일으켰다. 붉게 번들거리는 눈은 살해 의지로 가득 차 있었다.

―똑똑…….

노크가 두 번이 채 울리기도 전에 상현은 문을 거칠게 열어젖혔다. 그의 원래 계획은 이 앞에 있는 누군가의 목을 움켜쥐고, 이 안으로 끌고 들어와 사지를 찢어발기는 것이었다.

"이 개새…… 끅!"

그러나 그보다 먼저 불쑥 튀어나온 야수의 손이 그의 목을 우그러뜨렸다.

갑작스런 악력에 당황한 상현은 연신 손톱으로 그 팔을 긁어댔지만, 검은 털로 뒤덮인 야수의 팔은 흠집도 나지 않았다.

―끼이익.

반쯤 닫혀있던 문이 서서히 열리고, 한 명의 남성이 그 모습을 드러냈다.

그는 확실한 인간이었다.

한 쌍의 샛노란 눈동자가 발하는 섬뜩한 눈빛과 짐승의 그것이 확실한 한쪽 팔을 제외한다면.

"끄으으……."

그리고 상현의 기억은 그것이 마지막이었다.

우직―

무엇인가가 뒤틀리는 끔찍한 소리와 함께 그의 목뼈가 통째로 으스러졌다.

"……."

김세진은 흡혈귀의 사체를 쓰레기 버리듯 내던지고서 문을 닫았다.

살인을 했다는 죄책감은 단 일말도 없었다. 그저 벌레 하나를 죽인 느낌이었다. 게다가, 자신이 죽이지 않았으면 저

놈이 먼저 인간을 살해했을 테니 한 명의 인간을 구원했다는 정의감마저 들었다.

그는 고개를 돌려 뱀파이어에게 현혹당했던 여성을 바라보았다. 다행히 사달은 벌어지지 않았는지 침대 위의 여성은 그저 옷만 반쯤 벗겨진 채 기절해 있을 뿐이었다.

이곳에는 죽은 뱀파이어와 저 여자 이외의 다른 냄새는 없었기에 세진은 한쪽 팔을 다시금 인간으로 변환했다. 특정 부위만을 야수의 그것으로 변화시키는 그가 얼마 전에 알아낸 야수화/인간화의 활용법 중 하나였다.

김세진은 저벅저벅 걸으며 집 안 내부를 잠시 살펴보았다. 유난히 허름한 탓인지, 집 외부에도 내부에도 CCTV는 없었다.

'알아서 신고하겠지.'

만족한 그는 침대에 누워 있는 여자를 힐끗 바라보고는 밖으로 나갔다.

그리고 정확히 세 시간 후. 현혹에서 깨어난 여성은 비명을 지르며 경찰에게 신고했다.

서울시청 바로 옆에 위치한 '대장장이협회'. 3층 높이의 평범한 이 건물 안에서는 공모 대회 신청 작품의 분류작업이

한창이었다.

"이번에는 물건이 나올 수 있을까요? 저번 공모 대회에서는 중품(中品)이 한계였잖습니까."

칠흑 기사단의 고위 기사, 김유린이 그 분류 과정들을 훑어보며 물었다. 그러자 그녀 옆에 있던 협회장이 믿음직스럽게 고개를 끄덕였다.

"이번에는 믿어도 좋아. 당장 광주랑 부산 쪽 공방에서도 단체로 참가했고, 김태백 선생의 직속 제자도 참가한다고 물건을 보내왔단다. 명품은 무리더라도 상품(上品)은 가능할지도 몰라."

"오, 정말입니까?"

명인들은 제자에 관해서는 아주 까다롭다.

몇몇 명인은 아예 제자를 두지 않고, 다른 명인들은 고작 1~2명의 제자만을 둘 정도. 국가에서는 그런 그들에게 제자를 양성하려는 노력을 아주 살짝이라도 보여주신다면 많은 지원을 해드리겠다고 애걸복걸했지만 명인들의 고집은 굳건했다.

"그럼. 바로 1차를 통과했지. 내 나중에 한번 소개시켜 주겠다."

"그 고집불통이시던 태백 선생님의 제자라……. 혹시 제가 생각하는 그것입니까?"

"그래, 네 생각이 맞다. 그 불통 영감탱이가 제 피붙이가 아니고서는 제자로 삼을 리가 없지 않느냐. 19살의 핏덩이다."

협회장의 불만 섞인 말에 김유린이 살짝 미소를 지었다.

"그래도 첫째는 재능이 없다 하여 내치지 않았습니까. 막둥이라 하던데 재능이 뛰어났나 보군요."

"그것도 맞긴 하지. 검을 하나 보내왔는데 꽤 예리하더구나."

그들이 대화를 나누는 사이에 마지막 날의 심사가 점점 그 끝을 드러내기 시작했다.

"이게 마지막입니다!"

그리고 마침내, 직원 한 명이 철제 상자 하나를 들어 보이며 외쳤다.

"저도 같이 한번 봐도 되겠습니까?"

"안 될 건 없지. 근데 기대는 하지 않는 게 좋을 게다. 이미 내로라하는 공방 놈들은 오래전에 물건을 제출했으니 별 볼 일 없는 물건일 게다."

"예, 저도 알고 있습니다. 그래도 마지막이지 않습니까?"

"그래."

협회장은 인자한 미소를 지으며 고개를 끄덕였다.

"아가야! 잠깐만 기다려라! 고위 기사님도 함께 보고싶으시단다!"

"예, 예? 아, 예!"

직원은 상자를 뜯어내려던 손길을 퍼뜩 멈추고서 정자세를 취했다.

그렇게 상자가 있는 책상 위로 사람들이 옹기종기 모여들었다. 물론 직원들의 관심사는 안 좋을 게 뻔한 무기가 아니라, 미치도록 아름다운 고위 기사 김유린이었다.

"열까요?!"

"예. 부탁합니다."

김유린이 그렇게 말하자, 직원은 조심스레 상자를 열었다.

상자가 살짝 열리는 그 순간, 전구의 빛이 날붙이에 반사되어 직원의 눈을 찔렀다.

"으!"

눈을 부여잡으며 물러선 직원을 뒤로하고 김유린과 협회장은 그 상자 안을 들여다보았다.

"……어?"

김유린의 입술 사이로 맹한 음성이 새어 나왔다. 그들이 이 물품을 보고자 했던 이유는 그저 마지막이라는 상징적 의미 때문이었다.

그 말인즉슨 아무런 기대도 하지 않았다는 뜻이다.

한데…… 이 상자 안에는 꽤나 좋은 물건이 들어 있었다. 겉보기에는 그저 장식용이라는 말이 더 어울릴 정도로 섬세하게 조각된 단검일 뿐이지만 그 단검에 내재된 마나의 예리함은 보통이 아니었다.

서늘한 회색빛 검신은 그저 살짝 닿기만 해도 베일 듯 하고, 검신에 새겨져 있는 아름다운 문양과 모난 데 없이 깔끔한 칼자루는 기사의 소장 욕구를 한껏 불러일으킨다.

"……."

유린은 멍하니 그 단검에 손을 뻗어 칼자루를 움켜쥐었다. 전혀 불편하지 않고 이 단검과 자신이 마치 한 몸인 양 자연스럽게 잡혔다. 그 편안함이 이 무기가 사용자를 배려하여 인체 공학적으로 설계되었음을 알려주었다.

"……아무래도 물건이 하나 더 생긴 것 같구만."

협회장도 김유린처럼 넋을 잃고 그 단검을 바라보며 중얼거렸다.

"어이, 이 참가자 이름이 뭐지?"

그의 말에, 마찬가지로 멍하니 단검을 감상하던 직원들이 퍼뜩 정신을 차리고는 상자 안의 신청서를 집어 들었다.

"……뭐지?"

"……뭐라고?"

"아, 그…… 이름이 좀 이상한데요. 오크의 대장간, 줄여서 '오크'라고 불러달라네요."

그 최악의 이름에 협회장이 미간을 좁혔다. 아무리 익명이나 별명을 써놓아도 된다고 했지만 어찌 몬스터의 이름을…….

"고블린 연금술사도 그렇고 아무래도 요즘은 몬스터 이름을 사용하는 것이 유행인가 봅니다."

그러나 김유린은 유쾌하다는 듯이 쾌활한 미소를 지을 뿐이었다.

"그리고…… 오크도 워낙 무기를 잘 만드니 어울리는 것 같기도 합니다. 저, 협회장님?"

"음?"

"태백 선생님의 자제분 말고 이 '오크' 님과 만날 수 있게 해주시면 안 되겠습니까? 어감이 조금 이상하긴 한데…… 무기가 아주 마음에 드는군요. 인맥을 쌓아두면 나중에 아주 좋은 무기를 만들어주실 것 같습니다."

그녀의 말에 협회장은 뒷머리를 긁적이다가 이내 어쩔 수 없다는 듯 고개를 끄덕였다.

"네가 원한다면야…… 내 한번 노력해 보마. 근데 그 전에 검수를 한번 해봐야겠어. 장인이나 명인이 일부러 제 수준을 낮춰 장난을 치는 경우일 수도 있으니."

"예, 감사합니다. 선생님."

공모전에 단검을 제출한 이후, 근 10일 동안 세진은 규칙적인 생활 패턴을 유지했다.

오전에는 동굴에서 연금술과 단조 기술을 연마하고, 오후는 시내로 나가 휴식을 취한다.

휴식이라고 해봤자 강원도의 시내를 서성이는 것뿐이었지

만, 그래도 충분히 마음이 편안해지는 시간이었다.

그리고 사냥꾼과 기사들이 드문 밤에는 중하급~중급 지대의 몬스터를 사냥했다. 대부분은 흑색 늑대폼으로 몬스터를 사냥했지만, 일부러 오크 전사폼으로 사냥하기도 했다. 진화를 위해서였다.

아닌 게 아니라 단조를 하는 도중에 특이한 제약에 부닥쳤기 때문이었다.

['오크 전사' 로는 D등급 강도와 D등급 숙련 등급이 한계입니다.]

그러나 아무리 사냥을 해도 오크 전사는 진화를 하지 않았다.

"후……."

그리고 지금은 오전 11시. 세진은 포션을 3개까지 제조하고서 절구와 절구통을 내려놓았다. 약재를 얼마나 빻아댔는지, 고블린의 고사리 같은 손이 벌겋게 부어 있었다.

포션 제조는 꽤 귀찮고 힘들었다. 아무리 고블린의 손재주가 있다 한들 아직 숙련 등급이 낮아, 약재를 다지고 극도로 세심하게 배합을 하는 행위를 반복적으로 하는 것은 꽤 많은 정신력과 집중력을 필요로 했다.

['속성 저항' 포션의 제조에 실패하였습니다. 숙련도가 상승합니다.]

어려운 포션을 만들 때면 이렇듯 실패도 잦았다. 과연 '속성 저항' 포션은 그 값비싼 가격만큼 만들기 쉽지가 않았다.

오늘만 이게 네 번째 시도인데 아직 한 번도 성공하지 못했다. 제조 성공 확률을 증폭시켜 주고 마나석의 대용도 되는 검치 가루가 없는 것이 아쉬울 뿐이었다.

"하……."

다시 한번의 실패에 몸에 힘이 쫙 빠졌다. 약재의 향에 취해 어지럼증이 뒤늦게 다가왔다.

휴식의 일환으로, 그는 흑색 늑대폼으로 인간이 되어 TV를 켰다. 역시 휴식이나 취미는 인간형으로 해야 그 맛이 있다. 물론 이 빌어먹을 동굴에선 뭘 하던 간에 그 재미 지수가 절반, 아니, 그 이하로 감소되지만.

─……10일 전, 강원도의 임대주택에서 한 남성이 변사체로 발견되었습니다. 목뼈가 뒤틀려 즉사한 남성의 목에는 정체불명의 짐승 손톱자국이 남아 있었는데요. 수사 당국은 이 증거를 토대로 조사를 진행하다가 더욱 놀라운 사실을 발견했다고 합니다. 그게 무엇인지, 김 교수님께서 말씀해 주시겠습니까?

뉴스와 관련된 프로그램이었다. 발생한 뉴스를 두고 패널과 MC가 서로 대화를 나눔으로써 시청자에게 정보를 제공

하는 시사 교양프로. 세진은 그 프로에 귀를 쫑긋 세울 수밖에 없었다. 이것은 그의 행각이었으니.

―예, 바로 그 사체의 정체가 '뱀파이어'였다는 사실이지요. 이는 사체를 가장 먼저 발견한 목격자의 증언이 이상한 점과 피해자의 냉장고에 수혈팩이 다량으로 있었다는 것을 미루어 수사당국이 발 빠르게 부검해 밝혀낸 결과입니다. 한데 이 사건을 두고 지금 시민들은 격한 논쟁을 벌이고 있는 실정인데요. 뱀파이어도 한 유사 인종이므로 범죄자를 잡아야 한다는 의견과 뱀파이어는 그저 '척살 대상'일 뿐이기에 잡을 필요가 없다는 의견이 첨예하게 대립하고 있습니다. 또한 '뱀파이어인 것을 알고 죽였다'와 '모르고 죽였는데 뱀파이어였다'의 차이가……

세진은 저도 모르게 조소를 흘렸다.
뱀파이어에게 그렇게 당해놓고 또 빌어먹을 천부권을 존중하자는 인간들이 있었다. 아니, 이쯤 되니 그는 의심하지 않을 수밖에 없었다. 뱀파이어 쪽의 프락치가 사회 속에 숨어들어 있는 것이 아닌가 하는.
―두근.
한데 별안간 거기까지 생각이 미치자 갑자기 심장이 끓어올랐다. 당장에라도 놈들을 추적해서 모조리 죽여야 한다는 지독한 살의가 뇌리를 강타했다.

본래 세진이 품고 있던 뱀파이어를 향한 응어리진 분노와 늑대 야수의 본능이 합쳐진 악독하고 근원적인 증오였다.

"……!"

그러다 문득 세진은 자신의 팔이 야수로 변해 동굴 바닥을 흉악하게 파헤치고 있음을 발견했다. 이건…… 이상했다. 그는 재빨리 원래의 '인간 김세진' 폼을 취하고서 TV의 채널도 퍼뜩 돌렸다.

"후."

그렇게 심장은 조금 진정되었으나 뱀파이어를 향한 분노는 쉽게 사그라지지 않았다. 그는 그 분노를 삭이기 위해 애써 TV에 집중했다. 그리고 다행히도 TV에서는 그런 그의 주의를 끌 수 있을 만큼 흥미로운 프로가 흘러나오고 있었다.

─이번 제4회 대장장이 공모 대회에는 총 33개의 공방, 1,308명의 대장장이가 참가하였습니다.

공모 대회 심사 위원들의 심사 과정은 모두 TV프로그램으로 방송된다고 했다.

마지막에는 아예 일천 명의 청중심사단까지 모여 '대중성'과 '전문성'을 동시에 갖춘 물건을 우승자로 결정한다고.

－예선을 통과한 대장장이는 총 208명으로, 고작 100명이 통과했던 예전보다 경쟁이 더욱 치열했습니다. 그리고 지금 이곳 새벽 기사단의 본관에는 1차 예선을 통과한 총 208개의 물품 중 20개의 물품이 놓여 있습니다. 이제 곧 이 물건을 심사하러 기사님들께서 도착할 예정인데요……. 아, 저기 오시는군요.

세진은 저 화면 속에 자신의 무기가 있나 유심히 살펴보다가 무기들을 심사하러 들어온 기사의 면면을 보고는 깜짝 놀라 가벼운 탄성을 내뱉었다.

－일단 첫 번째로 아주 모시기 힘든 분을 모셨습니다. 새벽 기사단의 기사 유세정 씨, 안녕하세요!

그때 세진이 트롤로부터 구해주었던 여인, 유세정이었다.

－아. 네, 안녕하세요.

－바로 전 주에 중하급 기사로 승급하셨다고 들었습니다. 이걸로 최연소 중하급 기사라는 타이틀을 거머쥐셨는데요, 기분이 어떠신가요?

－……그건 모르겠구요. 이왕 1차 심사에 참여하기로 했으

니, 심사에만 집중할 생각입니다.

공모전의 최대 후원사인 새벽 기사단은 각 라운드마다 하나의 무기를 선점할 특권을 부여받았다.

물론 1차 예선이니만큼 아직 '하품' 딱지가 붙은 무기도 드물 터. 그러나 될 성싶은 떡잎은 충분히 알아볼 수 있다. 그래서 유세정은 일부러 자원하여 이 심사에 참여하겠다고 했다. 그녀에겐 아직 '주력'이라 할 수 있을 만한 무기가 없기 때문이다.

물론 평범한 중하급 기사라면 만져 보기도 힘든 '상품'의 검이 있긴 하지만, 고작 이것으로는 기업 새벽의 회장인 그녀의 할아버지는 물론, 그녀 자신도 만족하지 못했다.

"하핫, 네. 그럼 세정 씨가 잘 판단해서, 이곳에 있는 스무 개의 무기에 점수를 매겨주세요. 세정 씨의 점수와 다른 심사 위원분들의 점수가 더해져서 합격자가 가려지니, 신중하게 부탁드릴게요!"

기사들이 사용하는 장비의 등급은 보통 '최하-하-중-상-최상' 정도로 나뉘고, '규격 외'라 하여 '명품'과 '보물' 등급이 그 정점에 위치한다.

보통 견습에서 하급 기사는 하품을 사용하고, 중하급에서 중급까지는 중품, 그리고 중상급 이상부터는 최소 상품 이상의 무기가 필요했다. 물론 기사단의 수준에 따라 어느 정도의 차이는 있다.

"네."

세정은 터벅터벅 걸으며 일렬로 쭉 늘어서 있는 무기들을 심사했다. 그녀의 심사는 무척 빠르고 까다로웠다. 휙 보는가 싶더니 2점을 매기고, 또 휙 보는가 싶더니 1점을 매기고의 반복. 참고로 만점은 10점이었다.

"……저, 무슨 말이라도 좀 해주시면…….."

아무 말 없이 대장장이들의 마음에 비수를 꽂고 있는 세정에게, 진행자가 안절부절못하며 부탁했다.

"앗, 네. 죄송합니다. 제가 방송은 처음이라서."

그녀는 고개를 꾸벅 숙이고는 자신이 방금 1점을 매긴 물건을 가리켰다.

"이 검은 너무 물렁해서 도저히 못 쓰겠어요. 스켈레톤의 뼈도 못 벨 정도로 최하품 중에 최하품이네요. 그래서 1점을 줬습니다. 어떻게 예선을 뚫었는지도 의심되는 물건이에요."

"아……."

물론 칭찬을 기대한 것은 아니었다. 유세정의 까탈스러운 성격은 새벽 기사단에서도 유명했으니 그러나 이 정도의 독설을 아무렇지 않게 뱉어낼 줄은…….

"흠. 네, 계속 그렇게 부탁드릴게요."

그러나 어찌 보면 이것도 이것 나름대로 잘 먹히는 캐릭터가 아닌가. 귀여운 얼굴로 악독한 심사평을 내뱉는 냉정한 여고생 심사 위원. 진행자는 다시 얼굴에 화색이 되어서는 그저 웃음을 지었다.

"그리고 이 도끼는 제가 한 대 내려치면 부서지게 생겼어요. 그리고 실제로도 그렇구요. 강철로 만들어졌는데, 아무래도 재료에 문제가 있었나 봐요. 그게 아니면…… 미안한 말이지만 만드신 분의 실력이 형편없네요."

"하, 하하……."

그 이후로도 독설의 연속이었다. 유세정은 결코 4점 이상의 점수를 주지 않았다. 1차 예선의 합격 기준은 적어도 '최하품 이상'이었으나, 그녀는 그 사실을 모르는지 모든 장비에 아주 박한 점수를 매겼다.

그렇게 무려 17개의 무기 심사가 순식간에 끝나고, 18번째 무기.

끊김 없이 움직이던 유세정의 발이 드디어 우뚝 멈춰섰다. 그 이상행동에 카메라가 부랴부랴 다가와 세정의 얼굴과 무기를 번갈아 비췄다.

"이건 좀 다른가요?"

"……네, 다르네요. 좀, 만져 봐도 될까요?"

"그럼요."

유세정이 눈을 반짝반짝 빛내며 무기 하나를 집어 들었다.

칼날의 날카로움이 서늘하게 번뜩이는 잘 벼려진 단검이었다.

"……심사평은?"

진행자가 잔뜩 기대하며 물었다. 대장장이에 문외한인 자신이 보기에도 저것만큼은 꽤 좋은 물건임이 분명했기에.

"좋아요. 잘 벼려져서 날이 아주 예리해요. 검신에 새겨진 문양도 섬세하고…… 그리고 그립감도 안정적이고 가벼워요. 무엇보다 신기할 정도로 마나가 아주 잘 스며들어요. 이건 지금 시중에 팔아도 '하품', 그중에서도 '상급 하품' 판정은 넉넉히 받을 것 같은데요? 하필 단검이라 조금 아쉽긴 하지만 그래도 좋아요. 여기 있는 물건 중에는 가장 좋네요."

세정은 그 단검을 요리조리 살펴보다가 진행자를 바라보며 말했다.

"혹시 이 단검을 만드신 대장장이님의 이름을 알 수 있을까요?"

"그 칼자루 아래에 새겨져 있다고 합니다."

세정이 검을 뒤집어 칼자루의 아래를 확인했다. 딱 세 개의 알파벳이 새겨져 있었다.

"……ORK? 올크?"

"이분께서는 자신을 오크라고 불러달라고 하셨다네요."

"……철자가 틀린 것 같은데, O, R, C 아닌가요?"

"하하. 그건 저도 잘…… 일단 점수를 매겨주세요."

그녀는 8점의 점수를 매겼다.

"아, 2점은 단검이라 아쉬워서 감점인 건가요?"

"네, 그렇죠."

"하하, 근데 감점을 하면 대장장이님께서 싫어하시지 않을까요?"

진행자는 그저 장난으로 말했을 뿐이었다. 그러나 유세정은 별안간 심각한 표정으로 고민을 하더니 맞는 말이라는 듯 고개를 끄덕이며 점수를 바꿨다.

"10점. 10점이에요."

"……."

그 귀여운 모습에 입술이 저절로 씰룩였지만, 이 소녀의 태도는 아주 진지했기에 진행자는 애써 웃음을 삼켰다.

"방금 8점은 헛나온 말이니까 편집해 주세요."

"하하."

그러나 유세정은 편집되지 않았고, 세진은 웃음을 터뜨렸다.

"까칠하더니, 귀여운 면이 있네.'

다른 무기에는 혹평을 쏟아내더니 자신의 무기만 극찬해 주니 더욱 귀엽게 느껴졌다.

－그럼. 다음에는 개벽기사단의 중급 기사로 요즘 연예계에서도 활발히 활동하고 있는 김혁준 씨와 함께 찾아뵙겠습니다.

어느새 공모전 관련 프로그램은 끝이 났고, 세진은 시간을 슬쩍 확인하고서 몸을 일으켰다.

오후 1시. 이제 시내로 나갈 시간이다.

to be continued